La nouvelle peste

A Martin, Elisabeth, Jean-Marc, Anne, Bertille et Xavier tous mes remerciements, pour leur soutien si précieux.

Du même auteur

«Un aumonier des FFL vous parle»:
A l'écoute de Léon Trentesaux, prêtre. 1994

aux Editions du Triomphe

La nouvelle peste (Prix Saint-Exupéry)
Les chaussons par la fenêtre (Suite de la nouvelle peste)

Editions du Triomphe
7 rue Bayen - 75017 PARIS
Tél. 01 40 54 06 91

Si vous souhaitez être tenus régulièrement au courant de nos publications, il vous suffit de nous envoyer vos coordonnées.

Diffusion principalement par correspondance

Dépôt légal mai 1998 - Premier dépôt légal juillet 1995
ISBN 2-909811-59-X
Déposé au ministère de la Justice
(Loi 49-956 du 16 Juillet 1949 sur les publications destinées à la jeunesse)

Elisabeth Bourgois

La nouvelle peste

Avant-propos de Colette Codaccioni
Ancien Ministre
Préface d'Henri Lestradet
Membre de l'Académie de Médecine

Editions du Triomphe

Avant-propos

Comment parler du sida sans blesser ni désespérer ceux qui en sont douloureusement atteints ?

Elisabeth BOURGOIS a su trouver les mots justes. Mère de famille et infirmière, elle connaît les engouements, les troubles et les espérances de la jeunesse, elle a vécu aussi au quotidien la douleur morale et physique de ceux qui souffrent dans leur chair une maladie qu'ils ne comprennent pas. Avec délicatesse, elle rappelle à chaque instant la valeur des sentiments humains. Avec réalisme, elle accompagne le patient chaque jour face à la maladie, dont l'issue devient parfois inéluctable. Avec vérité et humanité elle parle des grandes questions que sont pour chacun d'entre nous, l'amour, la vie et la mort. Pour les jeunes, dans un moment où il ne devrait y avoir qu'amour, le sida vient apporter l'ombre de la mort. Face à cette désespérance, Elisabeth BOURGOIS a su montrer comment l'amour humain peut surpasser la souffrance et comment l'amitié et l'accompagnement du malade en fin de vie, lui permet de garder toute sa dignité d'homme.

Ce livre qui touche un sujet angoissant et souvent encore tabou apporte un regard d'espoir, qu'Elisabeth BOURGOIS en soit remerciée.

Colette CODACCIONI
Ancien Ministre

Préface

Le sida ne devrait plus aujourd'hui laisser personne indifférent. Or ce fléau, beaucoup plus redoutable que ne le furent jamais dans le passé la peste ou le choléra, ne semble pas avoir été suffisamment perçu comme une menace mortelle, à terme rapproché, pour notre population.

Il est urgent d'abandonner une idéologie sécuritaire et des discours officiels lénifiants qui laissent croire qu'avec un peu d'argent, une distribution plus large de gadgets à 1 franc et sans avoir besoin de modifier nos comportements, nous arriverons sans trop de peine à juguler l'épidémie.

Les chiffres pourtant sont éloquents. En France, en 1985 il y avait 260 cas de sida comportant un certain nombre d'hémophiles et par ailleurs des homosexuels et des toxicomanes dont environ 3 000 séropositifs.

En 1995, on dénombre 40 000 cas de sida dont la moitié sont déjà morts et au moins 200 000 séropositifs condamnés à mourir dans les dix ans à venir.

A Paris, actuellement, le sida atteint un sujet sur 250. Les femmes sont de plus en plus touchées.

Un tel bilan écrasant, aurait dû faire réfléchir nos responsables de la Santé publique. La seule réaction a été, avec une légèreté incroyable, d'augmenter les crédits pour accroître l'usage des préservatifs dont la fiabilité absolue a été certifiée à la population.

Or, aucun gynécologue aujourd'hui n'oserait recommander d'utiliser le préservatif comme un moyen absolu-

ment sûr de contraception. Chacun sait que dans ce cas, le taux d'échec est de l'ordre de 10 %. Comment dans ces conditions, est-il honnête d'affirmer que le préservatif puisse se montrer efficace à 100 % vis à vis d'un virus 500 fois plus petit qu'un spermatozoïde ?

Certes, le préservatif réduit d'environ 3 fois le risque de contamination, ce qui n'est pas négligeable sous l'angle statistique ; mais dans cette maladie mortelle qu'est le sida, ce n'est certainement pas un bon moyen de préserver la vie des autres.

Il faut donc que l'information soit donnée correctement.

Or, grâce à l'énorme somme de connaissances acquises sur ce virus, nous avons en principe tous les moyens, si nous le voulons vraiment, de reprendre en main notre destin.

On sait en particulier que la transmission ne peut se faire que par contact intime entre une sécrétion organique qui contient ce virus et une plaie ou une piqûre. C'est donc, entre autres, le cas des contaminations par seringue souillée, et également, dans la situation très particulière de la jeune fille ayant son premier rapport sexuel, quand il y a rupture de l'hymen.

C'est dire le risque considérable auquel, pour son bonheur, la jeune Carole, une des héroïnes du roman, a eu la chance d'échapper.

Il est donc essentiel d'être bien informé. Or le drame dans cette affaire, c'est que ce que l'on appelle l'éducation, et en particulier l'éducation des jeunes, a été depuis trop longtemps confiée à des groupes plus soucieux de prosélytisme pour certaines pratiques sexuelles, précisément à risque, que pour une véritable prophylaxie. Il suffit pour s'en convaincre de parcourir les brochures que l'on a distribuées dans nos lycées.

Il apparaît donc urgent de demander au corps médical de reprendre en main l'initiative pour que l'on arrête le massacre.

Il faut réagir, rendre à la sexualité toute sa dignité et à la maîtrise de soi et à la fidélité, toutes leurs noblesses.

Le roman de Mme Elisabeth BOURGOIS, cette tranche de vie moderne que sa qualité d'infirmière a, sans aucun doute, permis d'appréhender mieux que quiconque, permettra au lecteur de bien connaître la maladie, ses conséquences et ses ravages.

Il sera pris d'emblée, comme je l'ai été, par la vérité d'un récit vivant et chaleureux dans lequel chacun pourra éventuellement se reconnaître.

Ce livre apportera, en outre, aux jeunes et aux moins jeunes qui seront nombreux à le lire, un message d'espérance dont notre monde déboussolé a particulièrement besoin...

Professeur Henri LESTRADET
Membre de l'Académie de Médecine.

Carole ouvrit brutalement la porte de la classe. Elle attrapa son manteau et dévala les escaliers, le regard noyé de larmes. Tout lui semblait flou. Elle traversa les couloirs en courant, ne rencontrant personne, en ce milieu de matinée.

La gorge nouée par des sanglots qui l'étouffaient, elle haletait. Enfin elle arriva dans la cour où la pluie, en lui cinglant le visage, la fit sursauter.

Furtivement, elle passa près de la loge de l'accueil où un cerbère en jupe marron, chemisier blanc et lunettes d'écaille, contrôlait les entrées et sorties du lycée. Elle ne vit pas Carole.

Pressant le pas, les longs cheveux blonds peu à peu collés sur le visage, en bandelettes dégoulinantes de pluie, Carole suivit rapidement l'allée du lycée et c'est avec soulagement qu'elle se retrouva dans le remue-ménage de la ville.

Elle ne savait pas où aller. Elle ressentait au fond de l'estomac une étreinte douloureuse, les muscles de son cou étaient tendus. Elle frissonna bientôt et, remontant le col de son manteau, elle continua à avancer telle une somnambule, ignorant les passants qui se pressaient sur les trottoirs glissants.

Ses pas la conduisirent bientôt dans le centre ville. Là, elle passa devant une salle de cinéma qui affichait un film en matinée. Peu lui importait son titre, elle voulait se retrouver seule dans le noir, ne voir personne, ne parler à personne.

Les images défilèrent rapidement, devant une salle où quelques spectateurs épars s'étaient enfoncés dans les sièges moelleux.

Carole regardait machinalement cette histoire qu'elle ne cherchait même pas à comprendre. Devant ses yeux, c'était sa propre histoire qu'elle voyait.

Puis les personnages du film se caressèrent, s'embrassèrent. Elle ne put retenir le sanglot qui lui échappa.

Elle ferma les yeux.

Elle se souvenait. Les longues mains fines de Stanislas qui éveillaient en son corps des sensations étranges et si douces à la fois. Ses mains qui, en la parcourant délicatement, avaient peu à peu fait fuir sa gêne et sa peur.

Elle se souvenait de cette découverte du corps nu de l'homme face à sa propre nudité. Il avait été si tendre et si doux à la fois que la fougue et la tempête qui les avaient emportés avaient fait place à une sérénité merveilleuse.

« Stanislas, Stanislas... » Elle répétait son nom comme une psalmodie.

« Stanislas. » De nouveau, des larmes coulèrent sur ses joues pâles. Elle les essuya maladroitement du revers de la main.

« Oh, non, ce n'est pas possible qu'après tant de bonheur, cette atrocité arrive. »

Elle secouait la tête de droite à gauche.

« Stanislas, pourquoi as-tu le sida ? »

1

Nerveusement, Pierre scrutait le ciel. Les nuages filaient, poursuivis par un petit vent qui se transformait par moments en bourrasques tourbillonnantes.

Au loin, la manche à air, rouge et blanche, était tendue à l'horizontal, poussée par le vent.

Les mains dans les poches, il soupira. Grand, un peu maigre, il était tout en muscles. Malgré des traits assez communs depuis les cheveux châtains qu'il n'arrivait jamais à coiffer, ne pouvant maîtriser les épis rebelles qui se hérissaient sur son crâne, jusqu'aux yeux gris-vert, il attirait cependant la sympathie par son sourire franc, son regard profond et son dynamisme permanent.

– Pas marrant d'attendre comme ça, dit une voix à côté de lui, c'est toujours le problème des premiers sauts... Soit il y a trop de vent... soit le plafond est trop bas... alors il faut patienter... à se tordre l'estomac !

Pierre se tourna vers celui qui venait de parler. Pas très grand, « baraqué », les yeux bleus et le rire communicatif, il était instructeur dans le para-club.

Ils étaient une vingtaine en ce mois de juillet à suivre un stage. Certains effectuaient leur premier saut comme Pierre, d'autres amélioraient leurs figures en chute libre, en ayant le plaisir de s'élancer d'un avion à 200 km heure, à plus de 1000 m d'altitude !

L'ambiance entre eux tous était très cordiale car ils partageaient la même passion et un but commun :

dompter le corps et l'énergie, franchir les seuils de la peur et la dominer.

– Alors le toubib, t'as pas encore pu embrasser les pâquerettes, aujourd'hui ? dit le gros François en s'adressant à Pierre.

Pierre venait de terminer sa cinquième année de médecine et cela lui donnait, aux yeux des autres, une certaine aura.

– Eh ! non, ce sera pour demain. Il paraît que la météo va être superbe.

Ils étaient cinq à faire leur premier saut et l'entraînement suivi depuis plusieurs jours les avaient chauffés au maximum.

Tout était prêt, les esprits et les corps bien entraînés. Il ne restait que l'incertitude de la réaction psychologique profonde face à un acte contre nature : se jeter dans le vide.

Pierre comme les autres en avait l'angoisse au fond du cœur... ne laissant apparaître que le vernis de l'insouciance.

Les anciens – ceux qui avaient déjà sauté – se rappelaient cette attente du premier saut et, pis encore, le stress du second ! Ils savaient que personne ne peut connaître sa propre réaction face à un événement hors du commun. Que ce soit dans la vie de tous les jours (les héros ne sont pas toujours ceux que l'on imagine) ou dans des événements extraordinaires. La meilleure façon de bien réagir étant une formation poussée pour que les gestes à accomplir soient machinaux... le réflexe de Pavlov, quoi !

– Allez, les gars – dit l'instructeur – au lit pour être en forme demain. Cross à 7 h : 10 km. Salle de pliage à 9 h. Premier stick à 9 h 30.

L'avion cahotait sur le terrain herbeux. Il fit rugir son moteur et, pris par l'élan, s'élança au dessus de la terre.

Pierre le regarda partir. Il faisait partie du 3e stick... du 3e groupe qui sauterait. Il s'était approché de la cible... là où théoriquement il fallait poser les pieds en atterrissant.

Là-haut, l'avion fit un tour... lâcha le « témoin » qui permettait au largueur de vérifier le sens, la puissance du vent et l'endroit exact où il devait lâcher les paras pour qu'ils puissent au mieux se rapprocher de cette cible.

Il décrivit à nouveau un grand cercle. Le moteur s'arrêta quelques secondes... un, deux trois, quatre petits points noirs jaillirent au-dessous de lui, suivis bientôt de quatre coupoles blanches qui s'épanouirent telles des fleurs dans le ciel bleu.

Pierre quitta l'aire d'atterrissage pour rejoindre son petit groupe. Il enfila le parachute ventral, puis le dorsal.

Les quinze kilos amarrés sur lui, les pieds dans des rangers confortables, l'ample combinaison jaune et rouge par-dessus un pull bien chaud (même en été, il fait froid là-haut), le casque et les lunettes sur la tête... Pierre se sentait un autre homme... Maintenant il ne pouvait plus reculer.

L'avion arriva en bout de piste. Le petit groupe se précipita à l'intérieur. Le largueur attrapa les crochets des S.O.A [1] et les fixa sous son siège. La porte se referma... le bruit assourdissant empêchait toute conversation. On se sourit... pour décrisper les visages.

Bientôt, le terrain ne fut qu'une maquette de poupée. Le paysage s'ennoblissait, ses couleurs se transcendaient, le ciel devenait plus pur, plus bleu.

Pierre se sentait heureux... La peur était envolée.

Soudain, le moteur s'arrêta... La porte fut ouverte... Un vent violent pénétra dans l'avion.

Le largueur fit signe au premier para :

– GO !

Une petite poussée... il avait disparu.

Pierre se glissa contre la porte ouverte. La force du vent le surprit...

– GO !

En une poussée latérale, il s'éjecta de l'avion.

Quelques secondes plus tard – une éternité pour lui – il ressentit un choc violent et eut l'impression de remonter.

Au-dessus de lui, la coupole blanche se tendait.

Le silence l'envahit... Une bouffée de bonheur l'étreignit.

Il attrapa les suspentes, vérifia le sens du vent par rapport au soleil, essaya d'appliquer les consignes apprises pour pivoter légèrement et se laisser guider vers l'aire d'atterrissage.

(1) S.O.A : sangle à ouverture automatique

Sous ses pieds, la terre, autour de lui, le ciel... sa grandeur... sa magnificence.

– Génial, super génial ! J'ai réussi !

Tranquillement, Pierre descendait. Il n'avait aucune idée de l'altitude où il se trouvait (les débutants n'avaient pas besoin d'altimètre)... Les instants lui semblaient d'une telle richesse, d'une telle intensité que le temps s'était arrêté. La descente devait durer environ deux minutes... Le sol ne semblait plus trop loin.

Où était la cible ? Aucune idée ! Enfin peu importe. La première fois il fallait surtout éviter les maisons, les arbres, les routes et essayer de tomber dans de la bonne terre molle.

Il approcha les pieds l'un de l'autre, plia légèrement les genoux.

La terre soudain bondit vers lui. Il chut lourdement, fit un superbe roulé-boulé comme à l'instruction, se releva et courut aplatir la coupole qui restait gonflée au sol : témoin de son exploit.

Hébété, il se redressa puis, soudain, retirant son casque, poussa un hurlement de joie, en secouant les bras encore emberlificotés dans les suspentes...

– Yah !

Un petit lapin qui passait par là crut sa dernière heure arrivée !

Après quelques jours intenses où le bonheur se mêlait à la « trouille », Pierre quitta la paraclub absolument épuisé mais profondément heureux.

Il n'était plus le même. C'était un jeune étudiant en médecine qui y était arrivé dix jours plus tôt... c'était un homme qui en partait.

Il avait été au bout de sa volonté. S'il en ressentait un petit orgueil – bien légitime après tout – il savait surtout que cette expérience, cette formation l'aideraient considérablement dans son futur métier de médecin. Un métier où il fallait se connaître à fond, avec ses faiblesses et ses forces, pour pouvoir se donner complètement à l'autre et le soutenir.

Il avait une haute opinion de la médecine. Certains de ses amis en riaient, lui disant qu'il deviendrait comme les autres, blasés par la petitesse des actes quotidiens, par la bassesse de la nature humaine... ou la laideur des corps souffrants.

Peu lui importait. Il voulait être médecin depuis longtemps. Pourquoi ? Il n'en savait strictement rien. Sa famille ne l'y avait guère poussé, entre un père camionneur et une mère femme de ménage. Fils unique, il avait souvent eu du mal à écarter le carcan de tendresse et d'attention qui le tenait prisonnier des rêves de ses parents. Ancien légionnaire, son camionneur de père l'avait imaginé général des armées après avoir fait Saint-Cyr, bien sûr... Mais cela ne tentait guère Pierre !

Maintenant, il commençait à voir le bout, le petit bout des études, passionné par les différents stages qu'il effectuait.

Ce qui le formait surtout, c'était le travail qu'il faisait la nuit, le week-end ou pendant les vacances, faisant office d'infirmier dans une clinique chirurgicale. C'était intéressant... Il apprenait mille choses qui lui étaient indispensables pour sa future vie de généraliste et que l'on n'apprenait guère en médecine, depuis la technique des perfusions, en passant par la diversité des bilans sanguins, des examens, jusqu'aux soins de nursing de base qui lui permettaient bien souvent de connaître le malade à fond, d'une façon bien simple.

Ce travail, c'était aussi la seule façon qu'il avait de payer ses études, les resto U, et le petit studio qu'il partageait avec un autre étudiant, musicien lui. Il fallait aussi qu'il réussisse à assouvir sa nouvelle passion du parachutisme et c'était un gouffre financier !

Bref Pierre, à 23 ans, se sentait bien dans « ses pompes » et envisageait la vie avec sérénité.

2

L'aide soignante ramassa le linge sale en tas au pied du lit.

Elle jeta un regard sur la chambre, contempla avec satisfaction le lit propre, bien tiré. Rien ne traînait. Tout était impeccable.

Le malade était assis dans son fauteuil, un drap blanc sur les jambes, le dos calé par un oreiller, à portée de main, la sonnette bien scotchée au bras du fauteuil, la tablette de lit à côté de lui, avec le crachoir, des mouchoirs en papier, un verre d'eau rempli.

– Voilà pépé... tout propre...Ça fait du bien, non ?... Allez, à tout à l'heure !

– Quand pourrai-je me coucher ? demanda Jean Casal timidement.

– Ah, cet après-midi, pas avant. Sinon vous allez tout resalir en mangeant... Et puis cela vous fait du bien d'être dans le fauteuil.

Elle partit, comme un coq, fière de son œuvre.

La chambre se remplit de silence.

Le bruit du chariot à linge diminua dans le couloir.

Jean Casal se sentit soudain très malheureux.

Opéré huit jours auparavant d'une fracture du fémur – il avait glissé bêtement en sortant de sa baignoire – il sentait que sa jambe allait bientôt fonctionner à nouveau, même si les efforts à faire avec le kiné et les douleurs que cela supposait lui paraissaient parfois insurmontables.

Non ce n'était pas cette jambe qui s'était brisée. Mais quelque chose d'autre, là, au fond de son cœur, de sa tête.

A 79 ans, il était pourtant en pleine forme, avant. Pourquoi maintenant cette lourdeur au creux de l'estomac, cet esprit vide, ce désintérêt pour tout ? Si encore il arrivait à réfléchir. Se poser les vraies questions, c'est souvent réussir à y répondre.

Il se sentait minable à rester là, dans cette chambre, des heures durant... mais combien d'heures ? Même son vieux réveil au tic-tac puissant et familier ne l'accompagnait plus. Personne ne le lui avait apporté.

Il essaya de bouger un peu. Le fauteuil n'était guère confortable. Usé par des dizaines de malades avant lui, il faisait un « trou » au niveau du siège. Le bas du dos tirait, les jambes s'ankylosaient. Il avait pourtant l'air bon ce fauteuil, mais il valait mieux le regarder que s'y asseoir !

Bientôt, il n'y tint plus et, après plusieurs hésitations, il appuya le pouce sur la sonnette.

Longtemps, si longtemps après, lui sembla-t-il, l'aide soignante apparut. Le sourire lui, avait disparu.

– Oui ?

– Je souhaiterais me recoucher, s'il vous plaît.

– Ah, non ! On vient de vous mettre au fauteuil. Vous n'allez pas toujours nous déranger pour cela.

– Je suis fatigué, je vous en prie, je serai mieux dans mon lit.

– Pépé, on ne commence pas à faire des caprices !

Superbe, elle fit demi-tour sur elle-même... retapota le bout du lit à la recherche du moindre pli et referma la porte bruyamment.

Accablé, Jean Casal sentit une chape de solitude et d'incompréhension s'abattre sur ses épaules.

Les minutes s'égrenaient.

Dans le couloir, des bruits maintenant familiers pour lui témoignaient d'une vie qui ne le concernait que par instants.

La porte s'ouvrit brutalement.

Le chirurgien entra, blouse blanche ouverte, mains dans les poches. Il jeta un regard sur les courbes de température, pulsations, diurèse, tension. Il s'adressa à l'infirmière :

– Le kiné passe tous les jours ? La radio de contrôle est prévue ?

Enfin il sembla s'apercevoir de la présence du « col du fémur » au fond de son fauteuil.

– Bon, eh ! bien tout va bien, dit-il condescendant. Dans quelques jours vous pourrez sortir.

Il refranchit la porte précipitamment, les infirmières sur les talons, calepin à la main.

– Mademoiselle, s'il vous plaît, je voudrais me recoucher.

– Oui, oui, tout à l'heure.

La nuée blanche disparut de la chambre aussi vite qu'elle y était entrée.

Jean Casal commençait à désespérer de l'humanité toute entière.

Bientôt, horreur, il sentit qu'il avait besoin de la chaise percée. Il n'osait pas appeler. Il allait encore se faire gronder comme un gosse. L'envie lui tenaillait le ventre.

Dehors il pleuvait. La fin août approchait. La grosse chaleur des dernières semaines avait fait place à un crachin désagréable qui lui donnait l'impression d'être dans un aquarium.

Le paysage qu'il apercevait de la fenêtre de sa chambre était uniforme, sombre, sans une note de couleur... Cela ne changeait jamais. C'était le faîte des arbres du cimetière d'à côté. Un très beau cimetière où il faisait bon se promener parmi les arbres centenaires, les allées bien nettes, les vieux monuments qui semblaient à jamais endormis, et les fleurs témoins de l'affection des vivants.

Nulle fleur n'égayait sa chambre. Peut-être était-il comme un mort, oublié de tous...

Les idées noires qui lui taraudaient la tête étaient proportionnelles aux coliques qu'il ne pouvait calmer.

Il n'y tint plus et sonna.

Le temps passa... Les bruits de pas dans le couloir témoignaient de la présence du personnel. Personne ne venait. Il sonna de nouveau avec angoisse.

Rien.

Soudain, à sa grande honte, il ne put se retenir.

Accablé, il attendit l'arrivée de l'aide-soignante, prévoyant les pires foudres !

Enfin quelqu'un entra. On apportait le repas.

– Ça ne sent pas la rose, ici, dit sans délicatesse la fille de service, en posant le plateau près du malade.

– Pouvez-vous demander à l'aide-soignante de venir, s'il vous plaît, j'appelle depuis longtemps et maintenant c'est trop tard...

Enfin, après ce qui lui parut être une éternité, prêt à affronter toutes les remontrances pourvu qu'on lui vienne en aide, Jean Casal fut secouru.

– C'est dégoûtant, vous auriez pu vous retenir, regardez, il va même falloir refaire le pansement. Si vous pensez qu'on n'a que ça à faire !

– J'ai appelé, dit-il doucement, vous étiez sans doute occupée. Je suis désolé. Vraiment désolé.

L'aide-soignante ouvrit la porte de la chambre et cria à la volée :

– Eh ! toi, la nouvelle stagiaire, viens m'aider, pépé s'en est mis jusque-là !

Plus tard, enfin recouché, honteux mais propre, Jean Casal s'adossa aux oreillers en poussant un très gros soupir de fatigue.

Le plateau de repas était toujours près de lui. Il n'avait plus la force ni le courage d'y toucher. Il ferma les yeux.

– Bonjour, monsieur Casal. Comment allez-vous aujourd'hui ? Cela n'a pas été très facile ce matin, d'après ce que l'on m'a dit. Qu'est-ce qui s'est passé ?... Mais vous n'avez pas déjeuné ?

L'infirmière s'assit au bord du lit, posa sa main sur celle décharnée et tachetée de brun du malade. Elle lui sourit.

Il regarda le jeune visage. Elle avait des yeux verts en amande. Une masse de cheveux châtains tournant vers les roux encadrait un visage parsemé de taches de rousseur.

Une ondée bienfaisante envahit le malade. Mais soudain sa mâchoire se mit à trembler. Sa gorge se noua. Il n'arrivait plus à parler. Des larmes lui vinrent aux yeux.

– Allez, pleurez un bon coup, monsieur Casal, cela vous fera du bien. Il n'y a aucune honte. Votre corps est fatigué, épuisé même. Il n'a pas encore récupéré du choc de l'opération...

Elle continuait à lui sourire en lui tenant la main.

Il la retira doucement pour attraper maladroitement un mouchoir.

– Il ne faut pas m'en vouloir, l'aide-soignante fait très bien son travail, mais elle ne comprend pas. Je ne suis pas du style à me plaindre. J'ai 79 ans et je fais encore beaucoup de choses chez moi... et je... je...

– Oui ?

– Je ne suis pas un « pépé » qui embête tout le monde ! dit-il soudain violemment, avec un sursaut d'orgueil.

Pouvait-il dire à cette jeune femme tout ce qu'il avait été ? Comment croire que ce corps blanc, décharné, immobile, avait abrité un homme énergique. C'était avec beaucoup de passion qu'il avait mené sa carrière d'avocat puis de bâtonnier. L'humanité souffrante, il l'avait vue, oh ! combien de fois, défiler dans son cabinet.

Et aujourd'hui, c'était lui... d'une autre façon, qui était devenu l'impuissant, le bon à rien.

Peu à peu, l'infirmière le fit parler. Il vivait seul depuis que sa femme, Marie, était morte d'un cancer, il y a dix ans. Elle était si bonne et elle avait tant souffert... Il avait quatre enfants, douze petits-enfants... Il avait la chance d'avoir une famille où l'entente régnait, où l'on s'aimait bien, malgré les grandes différences existant entre les uns et les autres.

– Comment se fait-il que vous soyez seul, demanda l'infirmière, personne ne vient vous rendre visite ?

– Ce sont les vacances, ils sont tous partis... je n'ai voulu prévenir personne. Ils ont besoin de leur repos, pas d'un souci supplémentaire avec le grand-père opéré. Alors, soit je mourais dans l'opération, ils l'auraient su, soit, c'est comme maintenant, cela va mieux, je vais pouvoir les prévenir... leurs vacances sont finies.

Il s'arrêta de parler. Sa tête lui semblait enfin vouloir se réveiller.

Il pensait... Il revoyait ses enfants.

Il regarda le doux visage.

– Vous êtes gentille. C'est quand même long, tout seul ici.

– Vous ne lisez pas, vous ne regardez pas la télévision ?

C'est vrai, depuis l'opération, tout cela l'indifférait.

– Pourquoi faire ? Le monde tourne sans moi. Je ne sers plus à rien, continua-t-il en ébauchant un petit sourire... Je ne suis qu'une vieille carcasse.

– Vous êtes peut-être comme une vieille voiture avec un châssis un peu cassé, dit-elle en riant, mais le moteur est encore très bon... il faudrait seulement, pour faire avancer l'engin, lui fournir un peu de carburant, continua-t-elle en lui présentant le plateau du repas, si vous voulez ne pas commencer à donner du souci à votre famille. Vous allez manger l'entrée, je vais faire réchauffer le reste. Et promettez-moi de ne pas vous laisser aller. Demain, quand cela ira mieux, on reparlera. Il va falloir envisager votre retour chez vous ou ailleurs et en parler à vos enfants.

– Merci, mademoiselle, et... s'il vous plaît... essayez le fauteuil.

– Il est si mauvais que cela ?

Il ne dit rien.

Elle s'assit et eut un air étonné.

– Là, vous avez raison... C'est l'horreur, même sans avoir mal à la jambe. Bon, on va le changer. Vous verrez, vous aurez plaisir à y aller et cela évite les ankyloses, les phlébites et les escarres. Allez, à bientôt... On revient avec un repas chaud et un bon fauteuil.

Il sourit... Enfin le soleil avait pénétré dans la chambre. Une douce chaleur l'envahit.

– Mademoiselle, dit-il tandis qu'elle sortait, comment vous appelez-vous ?

– Lætitia.

– Vous portez bien votre prénom, c'est la joie avec vous ! Merci.

Elle sourit et sortit.

– Ah, Pierre, dit-elle en le croisant dans le couloir, vous qui êtes costaud, vous pouvez changer le fauteuil de M. Casal ?

3

« Cher Bon Papa,

« Papa et Maman viennent de m'apprendre que tu es hospitalisé pour une fracture de la jambe. Nous avons tous été bouleversés que tu n'aies rien dit avant aujourd'hui. Tu es trop gentil... Tu ne voulais pas nous tracasser, c'est ça? Eh bien ! c'est raté parce que, en plus, maintenant, on est tout confus. On a l'impression de t'avoir abandonné.

« Les vacances en famille ont été géniales! C'est la première fois que l'on se retrouvait tous ensemble avec les cousins... C'était pas triste à vingt! Le chalet à Saint-Véran était très grand. C'est un petit village superbe, le plus haut d'Europe : 2 040 m. On y est près du soleil et ici les habitants disent que les coqs picorent les étoiles. On a tous une mine superbe!

« On a fait beaucoup de grandes balades au milieu des marmottes, des fleurs de génépi et des édelweiss.

« Papa avait toujours faim mais il a perdu son petit ventre rond de chef d'entreprise manquant d'exercice. Maman suivait dans toutes les promenades. Heureusement car on avait l'art d'oublier toujours quelque chose : le chapeau de soleil, le Kway ou l'aspirine. Oncle Michel est marrant : il est dur à la détente le matin et ne commence à s'épanouir qu'avec les fleurs quand le soleil est déjà haut dans le ciel! Avant vaut mieux pas trop lui parler!... On dirait un bouledogue qui grimace! Tante Madeleine a des pieds tellement petits

qu'on a l'impression qu'elle galope dans les sentiers. Mais elle et tante Marie ont tant de choses à se raconter qu'elles avalent les kilomètres sans y penser.

Et puis nous, entre cousins, c'était super. On est souvent partis entre grands, les six aînés : Matthieu, Jérôme, Marc, Olivier, Juliette et moi. On a campé plusieurs fois en pleine montagne tout seuls... C'est beau, tu ne peux pas savoir ! On faisait un feu, on s'emmitouflait dans nos duvets (il fait froid à 2 000 m !), on grillait des saucisses... et on se racontait des tas d'histoires.

Je vais m'arrêter de tout te dire, car j'ai bien l'intention de venir très vite te raconter la suite.

Je t'embrasse très fort.

Ta petite-fille qui t'adore,

Magali.

Jean Casal lut et relut la lettre de Magali. De tous ses petits-enfants, c'était pour elle qu'il avait un faible. A dix-sept ans, ses traits s'affinaient, elle perdait peu à peu les caractéristiques de l'enfance pour laisser épanouir doucement des petites touches de féminité. Ce qui l'attirait particulièrement en elle, c'était son regard, bleu profond comme celui de la femme qu'il avait tant aimé, sa Marie. C'était la seule ressemblance, mais l'émotion l'étreignait à chaque fois qu'il voyait Magali.

S'en était-elle rendu compte ? Peut-être, car elle était souvent à ses côtés. Il est vrai qu'elle se passionnait aussi pour le droit et qu'elle ne se lassait pas de l'interroger sur tout ce qu'il avait vécu et fait.

Depuis trois jours, il se sentait revivre. Les enfants s'étaient précipités, ne sachant que faire pour lui. Il avait pu quitter l'horrible chemise blanche de la clinique dont l'ouverture dans le dos le glaçait. Des fleurs, des revues, le journal, des livres s'entassaient sur les tablettes étroites de la chambre. Près de lui, le tic-tac régulier du gros réveil le raccrochait à l'existence et au temps qui passe. Sa vieille radio lui donnait les informations nécessaires. Sa tête se réveillait !

Avec le kiné, il réussit à faire quelques pas dans le couloir. C'étaient de longs couloirs où l'on se perdait facilement.

Agrippé à son bras, Jean Casal se sentait bien faible.

– Me voilà dans un bel état, ce n'est pas croyable ! s'exclama-t-il.

– Détrompez-vous, dit le kiné, vous récupérez de façon exceptionnelle pour votre âge. Vous avez une énergie et une volonté à déplacer les montagnes... Et comme vous ressemblez plutôt à un petit monticule, pas de problème, vous marcherez bientôt normalement et je parie que vous n'aurez même pas besoin de canne !

La porte de l'ascenseur devant laquelle ils se trouvaient, s'ouvrit.

– Bon-Papa ! s'exclama Magali.

– Magali chérie, quel bonheur ! dit Jean Casal en la prenant dans ses bras.

– Tu marches ? C'est formidable ! Moi qui croyais que j'allais devoir te pousser dans une petite chaise.

– Charmante intention de ta part ! dit Jean en souriant. Soudain, il ne sentait plus la fatigue. Faute de me pousser, fais-toi mon bâton de vieillesse et raccompagne-moi jusqu'à la chambre. C'est ma petite-fille, continua-t-il en s'adressant au kiné, mauvais caractère mais cœur d'or !

– C'est l'hérédité, Bon-Papa, que veux-tu !

Confortablement réinstallé dans son lit, Jean soupira d'aise. L'exercice l'avait épuisé physiquement mais le moral était remonté ! Il ne se voyait pas invalide, dépendant de tous. Quel bonheur s'il pouvait remarcher normalement.

– Tiens, regarde dans la table de nuit... Il y a des petites douceurs, sers-toi, dit-il à Magali.

Elle se servit d'un gros chocolat avec plaisir.

– Raconte-moi, raconte tout, continua-t-il en la regardant avec affection.

Ils aimaient l'un et l'autre tout se dire. Ils aimaient les silences ou les rires complices qu'ils avaient entre eux.

Magali s'appuyait sur son grand-père, lui confiait ce qu'elle n'osait dire à personne d'autre. Il lui semblait que son grand âge lui permettait de tout comprendre, de tout expliquer avec sérénité. Et si quelquefois ils n'étaient pas d'accord, ils transformaient leur désaccord en joute oratoire comme des avocats... Magali perdait souvent et réattaquait la fois suivante avec d'autres arguments !

Cette relation privilégiée qu'elle avait avec lui était un véritable trésor... une planche de salut. Elle s'entendait très bien avec ses parents et ses deux frères, mais le temps manquait entre eux. Le travail professionnel des deux parents dans la même entreprise, les deux frères plus âgés, en fac, la laissaient souvent seule. Elle se réfugiait alors chez Jean qui l'aidait à faire son travail.

– Tu sais que tu deviens une belle jeune fille. Comme tu as changé pendant ces vacances ! Toute jolie !... Tu vas faire tomber les cœurs, fais attention ! Je suis sûr que tu as déjà beaucoup de copains, ceux de tes frères entre autres ? Non ?...

– Mm, dit Magali, l'air rêveur. Il y en a bien un ou deux pas mal...

– Un tout seul, c'est trop à dix-sept ans, répondit Jean, mais deux c'est quelquefois embarrassant !

– A quel âge as-tu connu Bonne-Maman ? Cela s'est passé comment ?

Elle savait bien comment cela s'était passé et elle en savait même beaucoup plus qu'il n'avait jamais osé le dire... dans le respect du souvenir et de l'intimité de leur amour.

Mais un jour entre cousins, ils avaient découvert, dans le grenier de la grande maison, une caissette emplie de lettres à l'encre jaunie. Avec émotion, ils avaient parcouru ces lettres d'amour où la tendresse se mêlait à la poésie.

Les enfants avaient parfois bien ri... puis souri... puis un peu gênés, ils avaient replacé les lettres et leur secret au fond de la caissette.

– Ah ! ta grand-mère, ma Marie, dit Jean avec tendresse. Une femme comme il ne peut plus en exister !... Il se tut un moment, plongé dans ses souvenirs.

– Comment je l'ai connue ? Je t'avoue que je ne sais plus exactement. Nos familles se connaissaient depuis très longtemps. Nous nous voyions souvent étant enfants. Pour moi c'était une petite fille comme les autres, avec ses grandes nattes qui lui entouraient la figure. La seule chose que j'avais remarquée chez elle, c'était son rire, un rire en même temps si entraînant et si discret... Elle savait rire de la vie, des multiples petites choses de l'existence... Et c'était communicatif. Pour moi, donc, ce n'était qu'une petite fille gaie et dynamique parmi d'autres.

« Nous nous rencontrions à la mer, sur la plage de Wimereux, où nous, les garçons, nous poursuivions les filles avec des crabes et nous nous amusions beaucoup de leurs hurlements ! Ta grand-mère, enfin cette petite Marie de l'époque, était la seule qui avait osé nous contre-attaquer avec des seaux d'eau de mer !

« Nous ne nous sommes pas vus pendant plusieurs années... les hasards des vacances et des relations des parents.

« Et puis un jour, un dimanche après-midi où tes arrière-grands-parents avaient l'habitude de nous emmener à des concerts, où l'on s'ennuyait, je l'ai revue. Elle avait noué ses cheveux en un petit chignon qui laissait paraître un cou long, fin, qui semblait d'une fragilité extrême. Elle avait une robe bleue qui reflétait la beauté de ses yeux... Elle était si simple et si magnifique... Cela a été le plus beau concert de ma vie !

« Voilà ! c'est tout. Ensuite, nous nous sommes revus souvent. Elle n'était pas seulement jolie, mais intelligente, gaie, sensible, attentive aux autres... Je n'ai eu que du bonheur avec elle. Encore maintenant, tu vois, ma chérie, même si je ne la vois plus, nous nous sommes tellement aimés que je la sens, là dans mon cœur, si près de moi, elle m'aide tous les jours, de là-haut... Elle m'attend, elle m'a préparé une petite place... Si certains jours son absence est tellement douloureuse à vivre, j'ai l'impression qu'elle me vient à l'aide parce que notre amour n'est pas éteint même dans sa mort, elle vit toujours en moi... et par vous ses enfants, ses petits-enfants.

Jean sourit à Magali,

– C'est tout ce que je te souhaite, Magali, un jour de rencontrer cet autre, avec qui tu seras unie pour toujours au-delà de toutes les souffrances et de toutes les séparations physiques. C'est quelque chose de tellement merveilleux !

Magali regardait son grand-père avec émotion. Comme le souvenir et l'amour de sa femme étaient ancrés en lui ! Comment, se disait-elle, pouvoir aimer ainsi un être ? Comment trouver celui qui est tellement complémentaire à soi-même ?

L'après-midi s'achevait. Il faisait doux. Un petit vent rafraîchissant pénétrait par la fenêtre ouverte de la chambre.

Pierre entra pour relever la température du soir.

– Bonsoir monsieur, mademoiselle, dit-il en apercevant Magali.

Celle-ci se leva.

– Non, non, ne partez pas, je n'en ai que pour une minute. Tout va bien, monsieur ? Vous n'avez besoin de rien ? Pas mal aux talons, aux fesses ? Je vous fais quand même une friction, cela vous rafraîchira.

– Voulez-vous un coup de main ? demanda Magali.

Elle soutint les jambes amaigries de son grand-père tandis que Pierre frottait vigoureusement les talons au Synthol. Puis, sur ses indications, elle le tint fermement par les bras pour qu'il puisse lui frictionner le dos.

– Hum ! c'est vigoureux, dit Jean en riant... Mais que cela fait du bien !

– Maintenant, pliez la bonne jambe, appuyez sur le talon, le menton sur la poitrine et on vous remonte... hop !

D'un seul mouvement, Magali et Pierre relevèrent Jean.

– Merci, dit Pierre à Magali, puis il sortit.

– Très gentil cet infirmier, dit Jean, en fait c'est un étudiant en médecine... Ce sera un bon médecin, j'en suis sûr, il ne néglige pas les petits détails qui transforment tout pour l'efficacité des soins.

– Très gentil, en effet, dit Magali en se penchant pour reprendre son sac. Allez, je te quitte maintenant, Bon-Papa. Je reviendrai dans une semaine, car je pars au Touquet avec une amie. Encore quelques jours de vacances avant la Terminale. On va y retrouver des tas de copains. Et toi, où seras-tu dans une semaine ?

– Je crois que je vais aller chez toi quelque temps, mais pas trop, je ne veux pas vous ennuyer... Juste le temps que l'on s'arrange pour une maison de retraite. Tu te rends compte, moi, au milieu de tous ces vieux!

– Ils vont être ravis de voir arriver un gamin qui fait des galipettes! Bon, je me sauve, ma valise n'est pas prête et maman va dire que je laisse du foutoir partout si je ne range pas un peu ma chambre!

Affectueusement, elle se pencha sur les joues ridées.

– Je t'aime bien, tu sais, Bon-Papa, soigne-toi bien... On recommencera à se promener ensemble, comme avant.

– Au revoir, ma chérie, merci pour ta visite, j'ai été très heureux, oui vraiment très heureux. Amuse-toi bien au Touquet... et sois sage! continua-t-il avec un clin d'œil!

Jean s'adossa aux oreillers, fatigué, heureux. La vie refluait. Peut-être avait-on encore besoin de lui... encore un petit peu.

4

Les deux cavaliers avançaient en se soulevant régulièrement. Ils longeaient la plage. Les sabots soulevaient d'une légère écume les petites vagues qui mouraient tranquillement en un murmure continu.

Le soleil plongeait dans la mer en éclaboussant d'or et de rouge les nuages qui s'étiraient paresseusement dans le ciel sombre.

Même les mouettes avaient cessé leur piaillement, respectueuses du silence qui envahissait la terre.

Assises sur le sable humide, les bras entourant leurs jambes repliées, les yeux rivés sur l'horizon, Magali et son amie Carole Maréchal ne disaient rien.

Comme des ombres chinoises, les cavaliers se firent écran devant le soleil et s'éloignèrent tranquillement.

– Ce que c'est beau et calme, soupira Carole. La prochaine fois, je viens avec mon violoncelle. Un solo de Bach, les pieds dans l'eau... dialoguer avec le silence... le rêve !

Carole avait le même âge que Magali. Amies depuis longtemps, elles étaient dans le même lycée. Autant Carole était passionnée de musique, d'un romantisme parfois désarmant, d'une grande sensibilité, autant Magali avait les pieds sur terre, pratique, concrète et très sociable. Elles se complétaient admirablement, la brune Magali et la blonde Carole.

Petites, leur amitié s'était soudée par la quantité et la qualité de leurs bêtises communes. Les professeurs voyaient approcher le duo avec parfois beaucoup d'appréhension : depuis les grenouilles qui jaillissaient du bureau jusqu'aux réveils qui sonnaient dans la classe... et que l'on mettait un bon moment à découvrir! Mais il y avait aussi le gros paquet cadeau préparé pour la fête d'un professeur... avec une toute petite fleur dedans! ou les goûters d'anniversaire que personne n'aurait voulu manquer. Pleines d'entrain, dynamiques, croquant la vie, Magali et Carole voyaient l'avenir avec optimisme : Magali serait un grand avocat et Carole jouerait en concert partout dans le monde!

– Dis donc, dit Magali, tu n'as pas une impression étrange aux fesses?

L'humidité du sable commençait à passer à travers le jean! Elle se leva d'un bond.

– Tu restes là à chanter pour les méduses ou tu viens te promener?

– Je viens, je viens... Ah, là, là! tu ne comprends rien à la musique! Un gouffre d'incompréhension, je dirais même un puits sans fond d'ignorance! La catastrophe... Le ciel m'est témoin que j'ai l'amie la plus insensible qui soit!

Elle levait les bras en l'air, là où les étoiles commençaient à scintiller.

– Insensible, moi ! attends un peu !

Carole s'enfuit en courant, poursuivie par Magali.

Leurs rires résonnaient dans le silence de la plage. Essoufflées, elles s'arrêtèrent et se regardèrent, les yeux pétillants de joie.

– On fait un tour rue Saint-Jean ?

La ville du Touquet était comme un miroir aux multiples facettes. A deux cents mètres de la grande plage au sable fin, il y avait de nombreuses petites rues aux villas de toutes les époques. La rue Saint-Jean en était la principale. Etroite, elle était grouillante d'une foule colorée et gaie : familles aux enfants plongeant la langue dans de grosses glaces dégoulinant sur les tee-shirts, bandes de copains bruyantes et rieuses qui s'arrêtaient en bloc devant une vitrine pour commenter la babiole sympa à acheter ou ce qu'ils ne pourraient jamais s'offrir, et la petite fringue qui faisait bien envie. Bandes de jeunes qui s'engouffraient ensuite dans les bistrots ou crêperies, heureux d'être ensemble.

Le brouhaha contrastait avec le silence de la plage.

Tard dans la nuit, les groupes s'effilochaient et chacun regagnait appartements ou studios, villas chics dans la forêt ou petites tentes des campings.

Magali et Carole occupaient un minuscule studio prêté par un oncle de Carole. Elles s'y sentaient admirablement bien. La seule baie vitrée laissait découvrir l'immensité de la mer aux couleurs si changeantes, et les marées qui, par leurs incessants va-et-vient dessinaient sur le sable d'étranges figures éphémères. Les vagues roulaient en éclaboussant tout, ou glissaient doucement. Rien n'était plus vivant que cette masse d'eau, prenant à témoin de ses fantasmes un ciel immense en perpétuel mouvement dans lequel les nuages s'amusaient à grossir, s'étirer ou se rouler en boules blanches, grises ou noires.

Des livres, de la musique, des jeux de cartes, un scrabble, un frigo garni, le bonheur! Sans oublier, dans un coin, le violoncelle. Carole n'allait nulle part sans lui. C'était un compagnon fidèle qu'elle faisait chanter quotidiennement.

Elles arrivèrent rue Saint-Jean.

– On prend une crêpe? dit Magali... et puis promis, demain matin tôt, on fait un jogging de dix kilomètres au bord de l'eau.

– Tu fais un jogging, répondit Carole, en insistant sur le tu. Moi, merci bien. Je dors demain, mais je dis oui à la crêpe, je ferai un régime à la rentrée!

L'odeur était si alléchante qu'elles s'engouffrèrent dans une petite crêperie d'où jaillissaient éclats de rire et conversations diffuses.

Elles se glissèrent entre les tables et s'installèrent dans un petit coin, assommées soudain par la chaleur et le bruit, en contraste si puissant avec la fraîcheur et le calme de la plage.

La majorité des clients étaient jeunes. Une brume légère de cigarettes survolait les têtes. Les garçons empressés prenaient les commandes. Dans un coin, un piano, le clavier ouvert, semblait attendre que l'on s'occupe de lui.

Instinctivement, Carole s'était installée à côté, se demandant si elle aurait le plaisir d'écouter un peu de musique. Mais dans une ambiance comme celle-là, ce ne serait certainement pas du classique !

Les crêpes étaient délicieuses, une seule ne suffit pas à assouvir leur plaisir gustatif et, avec un peu de honte, elles en commandèrent une seconde.

– Extra ! Franchement, demain on fera des économies, sinon on ne pourra pas finir la semaine avec notre petit budget, dit Magali en suçant ses doigts pleins de sucre.

Un garçon s'approcha du piano. Grand, brun, il était vêtu sobrement mais bien différemment de la foule pressée autour de lui.

Il s'assit sur la petite chaise, se frotta les doigts et les poignées. Puis, doucement, comme pour amadouer le bruit de la salle et s'y glisser furtivement, il effleura le clavier.

Une à une les notes jaillirent. Il se fit alors plus puissant et attaqua soudain les touches d'où s'échappa un jazz au rythme étonnant.

Les conversations baissèrent, s'arrêtèrent. Les cous se tendirent, des têtes amoureuses se retournèrent ensemble vers la musique. Les serveurs se mirent à essuyer leurs verres avec douceur. Le pianiste, tel un dompteur, avait subjugué la foule qui le regardait et l'écoutait.

Ses doigts couraient d'un bout à l'autre du clavier, ses pieds scandaient le rythme. Bientôt, chaque consommateur se transforma en batterie et les claquements des mains l'accompagnèrent. Ce fut la puissance d'une houle sauvage qui emportait tout... et les âmes et les corps.

Le pouce renversé, il écrasa en un éclair toutes les touches, les dix doigts prirent le relais en plusieurs accords puissants... Et le silence s'abattit brusquement sur l'assistance médusée...

Les applaudissements crépitèrent.

Carole n'applaudit pas, pas encore. Elle était dans un état second... elle fixait intensément le pianiste.

Il dut sentir son regard, car il se tourna vers elle. Ses grands yeux sombres la dévisagèrent. Ils se sourirent.

– En-core, En-core !

Les jeunes scandaient leur souhait.

Le pianiste se cala sur sa chaise et, pendant une heure, il enchaîna jazz, musiques de film, blues, ragtime... égrené çà et là de quelques clins d'œil à la musique de Bach, Mozart ou même Liszt !

Les conversations allaient et venaient selon le thème musical.

Soudain le pianiste se leva et s'adressa au public.

Un léger accent donnait à ses phrases une chaleur particulière.

– Mesdames, messieurs et mesdemoiselles, dit-il en se tournant vers Magali et Carole, vous connaissez certainement Beethoven ?

On se regardait. Il n'allait quand même pas jouer du Beethoven ici ?

– Vous êtes-vous demandé comment Beethoven aurait écrit sa *Lettre à Elise* s'il n'avait pas été allemand. Eh ! bien voici...

Il se rassit et, en un tourbillon, toujours sur le même thème des neuf premières notes, il improvisa des rythmes rappelant aussi bien le folklore américain, le blues, la musique chinoise ou arabe. A chaque fois il faisait un petit commentaire.

Les gens dans la salle étaient écroulés de rire.

« Jamais, se disait Carole, en s'essuyant les yeux, je n'aurais cru pouvoir rire avec Beethoven ! Ce type, quel talent ! Il possède un sens du rythme, de la mélodie, du chant... extraordinaire ! »

Enfin, tard dans la nuit, le silence retomba dans la petite salle.

Restées les dernières, Magali et Carole se disaient qu'elles venaient de passer une soirée qu'elles n'oublieraient pas de sitôt !

Carole ressentait au fond d'elle-même un trouble étrange, une émotion douce et douloureuse en même temps.

Les mains du pianiste l'avaient subjuguée. Fines, les doigts longs, elles combinaient la puissance et la douceur tout à la fois.

Le pianiste partit, non sans regarder les deux amies et leur sourire.

Bientôt, elles se retrouvèrent dans la nuit, chacune gardant au fond du cœur l'impression d'avoir découvert un monde nouveau.

– Tu crois qu'il est là chaque soir? demanda Magali.

– Tu vois, dit Carole songeuse, sans lui répondre, je suis certaine que ce type fera une carrière fantastique. C'est sûrement un concertiste... Mais que vient-il faire ici, à jouer dans une crêperie? Cela ne colle pas.

– Oh! il doit faire ça pour s'amuser et gagner un peu d'argent.

– Tu sais, un vrai pianiste, comme il a l'air de l'être, a souvent horreur de jouer devant des gens qui parlent, mangent et boivent. Il a besoin de silence, de concentration... je me demande vraiment qui il est.

– Dis donc, cela t'intéresse tant? reprit Magali en riant... eh! bien, nous ferons une enquête demain pour satisfaire ta curiosité.

Les yeux grands ouverts, dans le noir, Carole ne pouvait s'endormir. Les mélodies se bousculaient dans sa tête et sans cesse elle revoyait deux grands yeux sombres qui la dévisageaient intensément.

5

Il avait au fond du cœur ce même relent d'amertume, de solitude, d'insatisfaction qui le prenait chaque nuit.

Les pieds nus, le bas du pantalon retroussé, il longeait la plage déserte. La lune scintillait, froide, impersonnelle. Au fond, il se sentait comme elle, à briller, seul dans la nuit... dans l'indifférence d'un monde endormi.

Il lançait rageusement les pieds dans les vaguelettes, faisant miroiter un instant la légère écume.

Il n'avait aucune envie de rentrer dormir dans sa petite tente qu'il avait installée dans le camping, non loin de là.

Stanislas aimait la mer, surtout quand elle se gonflait, rugissait, vivait! Cela faisait deux mois qu'il était là pour gagner trois sous en se vendant comme un produit de foire!

La France lui était apparue pourtant, il y a quelques mois encore, comme la terre promise, là où, son talent reconnu, il pourrait accomplir son rêve d'enfant et courir de salles de concert en salles de concert sous les applaudissements de foules enthousiastes.

De sa Russie, il l'imaginait cette France tout en chaleur, en gaieté, en richesse... En liberté.

Son premier prix du conservatoire Tchaïkowsky en poche, Stanislas n'avait pu supporter la petite vie qu'il menait entre les concerts dans des usines poussiéreuses ou dans des salles glaciales, les cours à donner, un salaire de misère.

Et puis il voulait fuir, il voulait oublier.

Oublier sa jeune femme Nadia, la douce, la jolie Nadia, morte en mettant au monde une petite fille si déformée, si handicapée, qu'elle n'avait elle-même pas survécu.

Les fausses couches étaient très nombreuses là-bas dans son pays, l'Ukraine, particulièrement depuis la catastrophe de Tchernobyl. Les nappes phréatiques étaient de plus en plus empoisonnées. Les bébés qui naissaient présentaient souvent des malformations plus ou moins graves, et parfois on n'essayait même pas de sauver l'enfant. On n'y pouvait rien, c'était comme cela ! Mais Stanislas ne voulait pas se laisser emprisonner dans cette fatalité. Il sentait que si maintenant, à l'occasion de cette fracture dans sa vie, il ne réagissait pas en fuyant, il ne le ferait jamais plus, il n'en aurait plus le courage et la motivation.

Il était donc parti avec partitions et costume de concert bien plié au fond d'un vieux sac à dos. Deux chemises, deux pantalons, un manteau pour l'hiver, quelques petits souvenirs, c'était tout.

Mais la France ne l'attendait pas. La liberté, elle, n'était que contrainte et il devait faire preuve de patience, de débrouillardise pour réussir à avancer peu à peu dans la jungle administrative, malgré sa bonne connaissance de la langue française.

Il avait abouti à Lille dans un petit appartement qu'il partageait avec un étudiant en médecine, Pierre Valembois, jouant le soir dans des bistrots, donnant quelques cours pour essayer de gagner les trois sous vite engloutis dans le loyer, la nourriture. Sans piano chez lui, il lui était impossible de travailler des heures durant pour préparer une audition chez un organisateur de concert. Et il était très malheureux.

Il respira amplement. A 25 ans, la vie n'était pas encore finie. Il y arriverait...

Quelques couples au loin, petites silhouettes sombres et enlacées, lui firent plus encore sentir sa solitude... et il pensa au sourire de la jolie blonde. Une petite étoile dans le ciel se mit à scintiller.

Le lendemain soir, Magali et Carole arrivèrent très tôt à la crêperie et choisirent la place près du piano. L'estomac noué par l'attente, Carole trouvait les crêpes moins bonnes.

Il arriva.

Il la regarda.

Le monde s'ouvrait, les engloutissait.

Il s'assit. Il joua, joua comme il n'avait jamais joué ce genre de musique, qu'il n'aimait pas. Mais il joua pour elle... Pour ce beau regard vert et il voulut mettre dans chaque note un message, un message de reconnaissance.

– Est-ce que... est-ce que vous voulez boire quelque chose avec nous ?

Maladroite, Carole était devenue rouge écrevisse devant son culot, inviter ainsi cet homme qu'elle ne connaissait pas !

La joie qu'elle lut dans ses yeux fit envoler toutes ses craintes.

Ils se présentèrent :

– Stanislas Karkov.

– Magali Casal.

– Carole Maréchal.

Magali se sentit vite la « cinquième roue du carrosse », et elle déconnecta bientôt des discussions musicales enflammées de Carole et Stanislas.

L'heure tournait.

Si on allait faire un tour, dit-elle, avant d'aller dormir ?

Sa proposition acceptée, c'est à trois qu'ils se retrouvèrent sur la plage...

Si la plage pouvait raconter tout ce qui se passait sur son sable tantôt chaud, tantôt humide !... si la mer pouvait se faire l'écho des secrets murmurés !...

Ils se promirent de se revoir le lendemain. Rendez-vous au studio des filles à 11 heures.

Ce fut le branle-bas de combat devant le fouillis qui traînait : vêtements en boule, bouquins et revues au milieu des chaussures et des restes de petit-déjeuner. Elles eurent à cœur de rendre leur petit nid présentable, toute émues et impressionnées de recevoir Stanislas.

Il arriva à l'heure.

Elles le découvrirent dans la lumière du jour. « Encore plus beau ! », se dit Carole.

Ils ne savaient comment débuter la conversation, un peu gênés de se trouver ensemble sans se connaître.

Stanislas désigna le violoncelle.

– Voulez-vous me jouer quelque chose ?

– Oh, non ! s'écria Carole, je n'oserai pas !

– Mais j'ose bien, moi, dit-il en souriant, le soir, devant tous ces gens, je vous en prie, cela me ferait vraiment plaisir.

Impressionnée plus que pour un examen, Carole sortit le violoncelle de l'étui, frotta le chanvre de l'archet sur la gomme, cala le pied dans une petite tablette trouée, attachée à sa chaise.

Elle se concentra un court instant et attaqua une suite pour violoncelle seul de Jean-Sébastien Bach.

Il ne disait rien et la regardait. Au fond de son cœur la lumière de l'espoir apparut.

6

Les étals des magasins débordaient de cahiers, crayons, trousses multicolores, vêtements en « promo ».

Magali s'empressait de faire les courses de base avant la rentrée. Elle n'avait pas revu Carole depuis plusieurs jours, après leur retour du Touquet.

Leur semaine s'était trop vite écoulée... et elles avaient bien regretté de n'avoir découvert la fameuse crêperie qu'en milieu de séjour ! Mais les trois soirées passées là avaient été tellement merveilleuses, surtout pour Carole, qu'elles en gardaient un souvenir ébloui !

Les préparatifs de la rentrée et les retrouvailles entre copains les remirent dans le tourbillon de leur vie quotidienne.

Carole passait beaucoup de temps à travailler son violoncelle. Elle fuyait ainsi la solitude d'une maison où il n'y avait plus la chaleur d'un foyer. Ses parents étaient divorcés. Sa mère invitait souvent un homme que Carole n'aimait pas, et c'était réciproque ! Son violoncelle avec sa voix chaleureuse lui tenait lieu de confident. Elle voyait peu son unique frère qui vivait avec son père. Elle ne s'en plaignait pas, considérant la situation comme normale pour tant de jeunes de son âge.

Heureusement, les copains débarquaient souvent avec pizzas, jus de fruit et bière et les soirées passées en discussions ou en écoutant les derniers CD à la mode étaient bien agréables.

Ces premiers jours de septembre, le téléphone n'arrêtait pas de sonner, véritable chaîne entre les uns et les autres :

– Tu viens à la Braderie de Lille ?

– Bien sûr et toi ?

– On se retrouve où ? A quelle heure ?

Manifestation créée au siècle dernier par les patrons lillois qui offraient leurs fonds de greniers à leurs domestiques pour qu'ils s'en fassent quelque argent, la Braderie de Lille s'était, au fil du temps, transformée en une gigantesque foire aux puces où s'étalaient les objets les plus hétéroclites, couvrant trottoirs et rues, sur plusieurs dizaines de kilomètres.

Cela durait deux jours et deux nuits. Du samedi matin au lundi matin, la ville était envahie par des centaines de milliers de badauds. Les places de « bradeux » étaient chères, bien que gratuites ! Car le bon emplacement était réservé depuis longtemps par ceux-là même qui dormaient à la belle étoile dans la rue depuis plusieurs jours !

L'odeur de graillon, de merguez et de frites imprégnait toute l'atmosphère.

Au bord des bistrots, restaurants et cafés, des montagnes de coquilles de moules vides, s'amoncelaient. C'était à celui qui avait le plus gros tas, témoin du meilleur chiffre d'affaires en la circonstance.

La bière et les cocas coulaient à flot, y compris dans les stands, associations caritatives ou politiques, qui profitaient de l'occasion pour offrir à leurs militants ou à tous clients potentiels des tracts polycopiés qui, aussi vite, rejoignaient au sol le tapis de papiers sales qui bientôt recouvrirait entièrement les rues.

On y rencontrait tout le monde... en n'y voyant personne, tant la foule, surtout le samedi et le dimanche soir, était compacte.

C'était bon enfant et gai.

Sans sac, les mains vides (une sage précaution, étant donné que les voleurs de l'Europe entière y trouvaient là une manne extraordinaire !), Carole, Magali et leur bande de copains se frayaient un chemin parmi les stands.

Riant, s'arrêtant çà et là devant les objets les plus bizarres ou les vieux disques et bouquins passionnants, ils essayaient de rester ensemble.

– Eh, regarde là-bas, dit Carole à Magali.

– Où çà, quoi ?

– Ce type, là-bas... c'est le pianiste du Touquet, Stanislas.

Magali se haussa sur la pointe des pieds, tout en avançant.

– Oh pardon ! dit-elle.

Une femme énorme, aux cheveux jaunes décolorés, les mains aux doigts boudinés maintenant fermement une énorme « barbe à papa » rose devant sa bouche ouverte, opposait son gros ventre mou en une barrière infranchissable !

– C'est rien, dit-elle en riant et en se suçant les doigts avec gourmandise.

Magali la contourna en se retenant de pouffer de rire.

– « La vie est un long fleuve tranquille », aurait dit Chatiliez.

– Bon, où est-il ton Stanislas ? continua-t-elle.

– « Perdu de vue ! » répondit Carole en soupirant.

– Allez, on continue et on retrouve les autres à 21 heures, au métro, rue de Béthune, pour une moule-frite.

Il faisait doux. L'impression de folie tranquille de cette foule qui paraissait faire n'importe quoi avec gaieté et tranquillité, sous l'œil attentif de quelques policiers, donnait un sentiment de liberté assez agréable, bien que la promiscuité obligatoire et parfois oppressante avec des multitudes de gens, ne fût pas forcément toujours plaisante.

– Le revoilà, ton Stanislas, dit Magali.

Assis dans le petit restaurant grouillant de monde, Stanislas attaquait de bon appétit une montagne de frites et de moules, tout en échangeant des propos animés avec son voisin d'en face.

– On y va ? dit Magali.

Elles se frayèrent difficilement un chemin parmi les tables.

– Bonsoir, Stanislas.

– Oh, bonsoir Magali, bonsoir Carole. Quelle surprise... C'est magnifique de vous voir ici !

Stanislas s'était levé en s'essuyant la bouche et leur tendait la main en souriant.

– Le hasard ! dit Carole, si heureuse de cette rencontre, mais nous ne voulons pas vous déranger, continua-t-elle en se tournant vers celui qui accompagnait Stanislas.

Le jeune homme se leva.

– Je vous présente mon ami Pierre, avec qui je partage l'appartement.

– Pierre, Magali, Carole.

Pierre et Magali se regardèrent...

– Nous nous connaissons déjà, dit Pierre. Le monde est tout petit même au milieu d'un million de personnes ! J'ai soigné son grand-père en clinique au mois d'août, expliqua-t-il. Comment va-t-il maintenant ?

– Très bien, merci, dit Magali, il vient d'entrer en maison de retraite... Cela ne lui plaît pas du tout... Mais comme il le dit lui-même : « Je n'embête plus personne, comme cela ! »

– Il n'est pas du style embêtant, reprit Pierre, je le trouve très sympathique et jeune d'esprit. Vous lui direz bonjour de ma part.

– Je n'y manquerai certainement pas, répondit Magali.

– Vous dînez avec nous ? demanda Stanislas.

– Nous sommes avec d'autres... Mais... Oh, oui, cela me fait plaisir de vous retrouver... Tu es d'accord Magali ? Les copains vont nous traiter de lâcheuses, mais tant pis !... Je vais les prévenir, j'arrive.

Carole partit, se faufilant difficilement entre les tables.

Les moules étaient délicieuses. La conversation passionnante.

7

Les feuilles d'automne descendaient doucement dans la cour du lycée. Humides, piétinées, elles furent bientôt sans forme, transformant le sol en tapis noirâtre et glissant.

Le brouillard qui enveloppait la ville collait partout. Son voile n'était qu'à peine déchiré par les phares des voitures et des vélos qui, telles des guirlandes de Noël, s'étiraient le long de l'allée centrale menant aux bâtiments scolaires.

Des silhouettes sombres, sac au dos, s'engouffraient par la grille grande ouverte.

– J'ai horreur de l'automne, dit Magali en retrouvant Carole, ce matin-là. Il fait noir quand on commence à travailler, il fait noir quand on repart, il pleut, il y a du brouillard, il y a du vent... pouah ! On se croirait dans une grotte qui suinte de toutes parts ! Tu ne trouves pas ?

– Oui, dit distraitement Carole.

Magali la regarda.

– Toi, tu n'es pas réveillée ou tu es malade. Qu'est-ce qu'il y a ? Tu parais bizarre ?

– Il n'y a rien, pourquoi ? Je suis comme d'habitude, répondit Carole, d'un ton brusque. Elle se tut, sans rien ajouter, elle ordinairement si bavarde.

Magali haussa les épaules, préoccupée à l'idée de la compo de math qui l'attendait... et elle avait horreur des maths !

La journée s'écoula... morose comme le temps.

Les cours se succédaient. Les profs entraient et sortaient. Certains abordaient la classe comme on accoste un bateau ennemi, s'appuyant sur les menaces de colles, chevauchant les définitions, résumés, textes à connaître par cœur, et sans faute pour le lendemain, brandissant leur savoir, et se protégeant, par une cuirasse glaciale et hurlante, d'un troupeau qui pourrait risquer d'être remuant.

D'autres déversaient sur les jeunes esprits un goutte à goutte bienfaisant de connaissances, sachant communiquer leur passion. D'autres encore prenaient à témoin le seul tableau vert, offrant leur dos aux regards interrogatifs de ceux qui essayaient tant bien que mal de suivre formules et règles.

– Carole ?... Vous rêvez ?

– Euh, non, non, monsieur, je vous écoute, dit Carole en sursautant.

– Vous m'écoutez ? J'en suis fort aise, répondit en souriant le prof de philo... eh ! bien, récitez maintenant. Que pensez-vous de la théorie de Bergson dont je viens de parler ?

– La théorie de Bergson ? bredouilla Carole en lançant un regard affolé à Magali... la théorie de Bergson... je... je...

– Je, quoi ? cria-t-il sévèrement. Vous croyez sans doute que vous aurez votre bac comme cela, mademoiselle, en rêvant, en ... Mais, qu'est-ce que vous faites ? continua-t-il soudain ahuri.

Carole s'était levée brusquement et, éclatant en sanglots, s'enfuit de la classe.

Tous les élèves se regardèrent... Un murmure ondula dans la classe. Ce n'était pas le genre de Carole de s'inquiéter pour ce style de remarque. Qu'est-ce qu'elle avait ?

Le prof haussa les épaules et, plus préoccupé par Bergson que par les états d'âme de sa jeune élève, il poursuivit son cours impertubablement... se disant qu'il réglerait le problème par la suite.

Magali consulta sa montre... encore un quart d'heure avant la pause du déjeuner. Elle avait hâte de retrouver son amie. Inquiète de son attitude... Bergson lui sembla alors un étranger d'un autre âge !

Sitôt la sonnerie, Magali sortit précipitamment de la classe, persuadée de retrouver Carole près du quatrième peuplier de la cour, là où, par hasard, elles se retrouvaient habituellement avec d'autres.

Personne.

« Elle est peut-être à l'infirmerie, » se dit-elle. Elle s'y précipita. Non, on ne l'avait pas vue. Elle dégringola les escaliers et se rendit au garage à vélo. Son vélo était toujours là... Pas étonnant, le garage n'ouvrait qu'à la sonnerie.

Mais où était-elle donc ? Au self, peut-être ?

Magali s'y engagea dans le flot des élèves. Non, personne ne l'avait vue.

Les tomates crues, les patates, le steak haché et la glace avalés en deux temps trois mouvements, Magali repartit en chasse.

Elle se sentait en même temps responsable de son amie qu'elle ne pouvait consoler de son chagrin dont elle ignorait la cause et, curieuse de ce qui se passait... un peu vexée aussi qu'elle ne l'ait pas attendue pour se confier à elle. Mais pas trace de Carole, nulle part.

Sans doute était-elle rentrée chez elle. « Je la retrouverai après les cours, ce soir », se dit-elle, renonçant à poursuivre ses interrogations policières.

A 18 heures, elle fut enfin chez elle, seule. Ses parents n'étaient pas encore rentrés du travail, un petit mot des frères lui indiquait qu'eux aussi rentreraient tard.

Il faisait déjà noir. Dehors la pluie tombait finement, imprégnant tout.

Une douce chaleur régnait dans la maison. Elle ferma les volets, alluma quelques lampes. Elle n'aimait ni le noir ni les grosses lumières. Elle se sentait bien dans l'intimité d'un éclairage diffus. Elle mit un CD qu'elle venait d'acheter, emplit un verre de jus de fruit et, s'asseyant, composa le numéro de téléphone de Carole.

– Bonsoir, Madame, dit-elle en reconnaissant la voix de Mme Maréchal, ici Magali, puis-je avoir Carole, s'il vous plaît ?

– Oui, elle rentre tout juste. Vous ne vous êtes pas encore assez vues aujourd'hui, qu'il vous faut déjà vous téléphoner ? Allez je te la passe, continua-t-elle, sans attendre la réponse de Magali.

– Carole ? Magali. Comment ça va ? Qu'est-ce que tu as fait cet après-midi ?

Comprenant que son amie ne voulait guère s'exprimer devant sa mère, elle poursuivit :

– J'ai tes cours pour demain, je passe te voir ou tu viens... Je suis seule ici.

– Attends, dit Carole... Maman, cria-t-elle. Magali ne comprend pas un devoir de math, je vais chez elle pour lui expliquer.

« Quelle menteuse », se dit Magali !

Peu après, elles se retrouvèrent dans la chambre de Magali.

– Qu'est-ce que tu as fait cet après-midi ? J'étais morte d'inquiétude. Pourquoi es-tu partie comme cela, en pleurant ? Tu aurais vu la tête du prof ! Complètement ahuri !

Carole regardait le sol. Elle se moucha, tritura son mouchoir.

– Je me suis promenée.

– Promenée ? Par un temps pareil ? A d'autres !

– Si, je me suis promenée, j'avais besoin de me changer les idées, c'est tout.

– Tu es enrhumée ou tu pleures, reprit Magali en constatant qu'une fois de plus Carole se mouchait.

– Je suis enrhumée, là !

– Bon, bon, ne te fâche pas !

– Je ne me fâche pas, je... oh, non !

Carole se mit soudain à pleurer.

– Tu vois bien qu'il y a quelque chose qui ne va pas. Dis-le-moi, je peux peut-être t'aider.

– Je ne peux rien te dire... C'est un secret... C'est... non, je ne peux pas...

Carole s'étrangla dans un gros sanglot.

– C'est si grave que cela, dit Magali doucement, en se rapprochant d'elle. Je t'en prie, raconte-moi. Tu sais bien que lorsque l'on est amies, ce n'est pas uniquement pour les choses gaies.

– Tu ne peux rien faire... rien... Personne ne peut rien faire... C'est horrible.

Le silence envahit la petite chambre, entrecoupé par les sanglots et reniflements de Carole.

Magali la laissa pleurer un moment, très gênée. Elle ne l'avait jamais vue comme cela. Elle réfléchissait, attentive.

Soudain une idée lui vint.

– C'est Stanislas ?

Carole leva vers elle ses yeux rougis.

Elle hocha la tête.

– Il t'a laissée tomber, c'est ça ?

– Oh, non ! Si ce n'était que cela ! soupira Carole.

– Mais alors qu'est-ce qui se passe ? Bon sang, tu ne vas pas rester comme un saule-pleureur toute ta vie. Explique-toi, s'énerva Magali.

– Il... il...

– Quoi, il ?...

– Il a... il a le sida ! hoqueta Carole.

Magali tomba assise sur le lit.

– Le sida, lui ? répéta-t-elle comme pour s'en persuader. Le sida...

Un frisson la traversa, comme si elle avait été brutalement plongée sous une douche glacée. Le sida, pas le sida. Pas dans leurs relations, chez un ami. Pas le sida, c'est pour les autres, les marginaux, les homosexuels, les drogués... ou ceux qui ont eu des transfusions dans le temps. Mais pas Stanislas, pas lui. Il n'a pas... pas la tête à ça... Non ce n'est pas possible !

Elle se ressaisit soudain.

– C'est idiot, c'est impossible, et d'abord qui t'a dit cette connerie ?

– C'est lui, hier, répondit doucement Carole, il a eu un examen de sang, pour je ne sais plus quoi... Et on lui a dit qu'il était séropositif.

– Mais, attends, attends, reprit avec fougue Magali, qu'est-ce que cela veut dire, être séropositif?

– Je ne sais pas trop, tu sais, toutes ces questions du sida, on en entend tellement parler qu'on n'y fait plus attention, on croit que cela ne nous concernera jamais. Etre séropositif, je crois que c'est avoir le sida, mais sans le manifester... Mais je ne suis pas très sûre.

– Mais, dit Magali, soudain très inquiète, toi et lui, vous... vous n'avez pas... enfin je veux dire... vous deux...

– Si... Et Carole s'effondra de nouveau.

Magali se sentait dépassée. C'était trop lourd tout à coup. Le voile de sa jeunesse, de son innocence, de la pureté qu'elle avait encore au fond du cœur et dans son corps s'était soudain déchiré : un monde de dégoût, de sexe, de mort, lui apparaissait soudain.

Abrutie, elle avait du mal à réfléchir, à aligner les questions, les réponses à trouver.

Elle se leva, arpenta la petite chambre en contournant Carole, toujours prostrée sur sa chaise.

Elle la regardait... Elle était devenue soudain si différente d'elle-même. Elles avaient toujours vécu dans une telle symbiose. Elle ressentait le drame de Carole comme une blessure personnelle... mais en même temps une blessure qui ne la concernait pas, à laquelle elle voulait rester étrangère parce qu'elle, Magali se sentait encore enfant et que Carole, par ce qu'elle avait vécu était devenue femme. Pour la première fois de leur vie commune, une faille importante s'était ouverte.

– Ecoute, dit-elle, en s'arrêtant de marcher, il faut se renseigner, d'abord savoir, oui, savoir, pour Stanislas, pour toi. Quand on sait, on est souvent moins inquiet. Tu le revois quand, Stanislas ?

– Je ne sais pas, soupira Carole, quand il m'a dit cela, je l'ai traité de salaud... et je suis partie !

– Ah, évidemment, c'est pas très sympa... Mais il comprendra sans doute ta réaction... Ecoute, pour ce soir, il faut que je réfléchisse. On va t'aider, tu vas t'en sortir. Et puis tu n'as peut-être rien attrapé. On a quelquefois peur sans raison.

– Tu crois ? dit Carole en reniflant.

Elle paraissait soudain si petite, si fragile que Magali, en la regardant, se demandait comment elle avait pu avoir un comportement de femme aimante.

– Ce que je crois surtout, ma vieille, c'est que premièrement il faut arrêter de pleurer, ta mère ne va pas croire une seconde que l'on a fait des maths, mais plutôt épluché des oignons ! Deuxièmement, tu rentres chez toi, mes frères vont rappliquer et je suppose que tu n'as pas envie de rigoler avec eux ce soir; troisièmement, je vais trouver une façon de savoir. J'ai une idée, fais-moi confiance.

– Ah! avant de partir, ajouta-t-elle, voilà ton boulot pour demain. Je t'ai mis le résumé sur Bergson. Je crois que tu auras intérêt à voir le préfet, pour lui dire que tu étais malade cet après-midi. Il est sympa, il ne dira rien.

Carole se leva péniblement. Le monde des études était si éloigné d'elle en ce moment! Elle se passa les mains dans les cheveux.

Dans la salle de bains elle se frotta le visage à l'eau froide, essayant de faire disparaître la rougeur des yeux et du nez. Son nez devenait toujours rouge quand elle pleurait. Pas discret!

Dix minutes plus tard, rafraîchie, elle quittait la maison.

En embrassant Magali, elle lui dit :

– Merci, heureusement que j'ai une amie comme toi... Mais, ajouta-t-elle, en esquissant un sourire, je suis mal barrée!

8

Après le départ de Carole, Magali se sentit complètement désemparée. C'était un cauchemar. Le sida ? Pire qu'une pieuvre qui s'insinue partout en jetant son venin dans les moindres recoins... Carole ! Sa Carole, son amie...

Cela faisait des années que ce sida et ses conséquences envahissaient régulièrement les médias. Elle était sans doute, comme le plupart des gens, un peu intéressée par les drames des autres, émue, si les images et les témoignages que l'on montrait, savaient toucher la corde sensible... Mais, le monde qu'elle découvrait et qui était touché par ce fléau n'était pas le sien. Elle se rendait compte soudain à quel point il est possible de vivre dans sa petite bulle, au chaud dans son milieu familial ou social... et croire que l'on connaît et comprend les autres, simplement parce que l'on est vaguement informé de leurs problèmes. En fait on ne sait rien, et chacun vit seul dans cette bulle.

Le sida ? Cela ne signifiait pour Magali, que la pub pour les préservatifs. La campagne de prévention étant essentiellement fondée sur le préservatif. Elle ne connaissait de cette maladie que la façon de s'en prévenir. Elle croyait donc naïvement être au courant du sujet. Mais de fait, elle était incapable d'aider son amie, de lui donner des noms ou adresses de personnes compétentes.

Et Stanislas, comment avait-il pu attraper cela ?

Elle se rendit compte qu'elle ne le connaissait pratiquement pas et qu'une partie de l'existence de Carole lui avait même déjà échappée. Cette exclusion lui fit mal. Elle en ressentait une certaine jalousie. Pourquoi ne connaissait-elle pas, elle aussi, le plaisir de la découverte d'un garçon et la naissance d'un amour ? Qu'est-ce qui la différenciait de Carole ?

Elle se regarda dans une glace. Se retourna pour se voir de profil, en pied, de près... C'est vrai qu'elle était moche ! Pas assez de taille, de trop grosses fesses, un teint brouillé. Bref l'analyse que Magali se fit d'elle-même lui fit baisser autant le moral !

Magali tournait dans sa chambre comme un ours en cage. Furieuse de tout : de la vie, de Carole qui avait fait des âneries, de Stanislas qu'elle jugeait inconscient, d'elle-même qu'elle trouvait gamine.

Elle descendit à la cuisine et croqua un gros morceau de chocolat... Il fallait qu'elle se calme. Il fallait qu'elle en parle à son grand-père... Lui seul pourrait la conseiller sans juger... C'était son ancien métier d'avocat qui le mettait toujours en position de défendre le faible et de trouver les bons arguments.

Elle regarda l'heure : 19 heures. Une heure seulement s'était écoulée depuis qu'elle avait revu Carole. Il lui semblait que c'était une éternité, tant son existence était maintenant bousculée. Elle composa le numéro de Jean Casal pour lui annoncer sa venue.

Il était maintenant dans une résidence de personnes âgées. Il pestait souvent contre tous ces vieux qui n'avaient d'autres sujets de conversation que de parler de leurs petites misères.

– A leur âge, la mécanique déraille souvent, s'amusait-il à dire et, entre leurs genoux qui s'entrechoquent, leurs dentiers qui tombent dans la soupe, leur dos qui joue des castagnettes, leurs yeux qui « berloquent » et leurs oreilles qui bourdonnent, on a quelquefois du mal à en placer une ! Enfin, il faut les excuser tous ces vieux – il ne se rangeait pas parmi eux – ils s'ennuient, alors, parler d'eux les occupe et comme ils sont sourds, ils parlent sans arrêt, n'écoutent personne et sont contents !

– Et toi ma petite Magali, que racontes-tu ?

Assise à côté de lui, Magali retrouvait peu à peu son calme. La présence réconfortante de son grand-père lui était aussi nécessaire qu'un verre d'eau dans le désert.

– C'est rare que tu viennes comme ça. Tes parents ne sont pas là, je suppose. Je parie qu'ils travaillent encore. De mon temps, la mère était au foyer à faire la soupe, à attendre le retour du père, à surveiller le travail des petits, à écouter les histoires des grands qui rentrent de l'école... Mais tout a changé maintenant, il faut travailler, la vie et les études coûtent trop cher ! C'est dommage. Mais tu n'es pas là pour écouter mes radotages... Que se passe-t-il, mon petit ? Tu as l'air d'avoir un souci plus gros que toi ?

– Oh, oui ! soupira Magali... Un bien gros !

Elle ne savait comment aborder le sujet.

– Je ne sais pas comment commencer, Bon-Papa... c'est bien difficile ! dit-elle en se tortillant sur son fauteuil... Tu connais mon amie Carole, elle est venue quelquefois avec moi, pour te dire bonjour ?

– Carole ? Oui, oui, dit Jean Casal en souriant, une petite bonne femme pipelette comme tout, avec de longs cheveux blonds. Qu'est ce qui lui arrive à ton amie et qui te donne tant de tracas ?

– Elle a connu un garçon pendant les vacances, tu sais quand nous sommes parties ensemble au Touquet, fin août. C'est un musicien, un très bon pianiste. Elle fait beaucoup de musique, du violoncelle, et ils ont été très attirés l'un par l'autre tout de suite... Ils se sont vus souvent et... et, là c'est difficile à dire, cela va te choquer...

Magali regardait son grand-père en remuant le nez.

– Ils ont couché ensemble ? dit carrément Jean.

– Euh ! oui, répondit Magali ahurie de la façon dont il avait dit cela... Mais ce n'est pas tout.

– Ah !

– Oui, malheureusement... Elle vient d'apprendre qu'il a... qu'il a le sida.

Comme elle avait du mal à dire cela ! Ce mot lui écorchait la bouche.

Jean se taisait et ouvrait de grands yeux étonnés.

– Continue, mon petit.

– Tu vois, Bon-Papa, maintenant c'est normal, dit-elle comme pour expliquer et excuser la conduite de son amie, ce n'est plus comme de ton temps. Quand un garçon et une fille s'apprécient, ils couchent ensemble. C'est normal, c'est une façon réelle de mieux se connaître et de s'aimer à fond. Le sida, on en parle beaucoup dans les médias, mais comment pouvoir s'imaginer que celui que l'on aime, celui vers qui on est attiré peut avoir cette maladie ? Et quand bien même on aurait un doute, on ne peut pas le lui demander comme ça ! Il va croire que l'on n'a pas confiance en lui... Carole, je crois qu'elle n'a pas dû y penser... Ou, enfin je ne sais pas moi, je n'en ai pas l'expérience ! Et puis on dit qu'avec les préservatifs il n'y a jamais de risques... Enfin cela dépend de leur qualité ... et de tas de choses... J'avoue que je n'ai pas osé lui en parler, c'est quand même gênant, même avec sa meilleure amie !

Magali se tut, un peu confuse de parler aussi crûment à son grand-père.

– Ah, Bon-Papa, excuse-moi de te parler de tout ça. De ton temps, tu étais tranquille. Il y avait les fiançailles, le mariage, les enfants. C'était simple. Maintenant, tout paraît compliqué et ce qui devrait être simple, naturel et magnifique, devient laid et mortel.

Magali s'arrêta. Depuis un moment elle regardait ses pieds, n'osant affronter le regard de son grand-père.

Elle leva enfin les yeux.

Jean la dévisageait tendrement. Il lui prit les mains.

– Merci de te confier à moi. C'est dur d'encaisser tout cela, n'est-ce pas ? C'est vrai que c'est compliqué et que j'ai bien du mal à admettre tout ce qui se passe aujourd'hui. Mais il faut essayer de comprendre et alors seulement on peut espérer aider quelqu'un efficacement. Et tu as raison, il faut aider ton amie. Je crois qu'il y a beaucoup de livres, documents, revues traitant de la question du sida, dans les bibliothèques. Tu dois pouvoir les consulter, comme si tu devais faire un exposé en classe... Mais cela ne suffit pas, je dirais même que cela peut être dangereux si on a des informations sans explications. Il faut pouvoir en parler à quelqu'un de compétent. Attends, j'y pense, il y avait cette infirmière bien sympathique, à la clinique. Elle s'appelle... Lætitia, c'est cela, oui, Lætitia. La joie... Je lui disais qu'elle portait bien son prénom, tant elle était joyeuse et compétente. Je vais l'appeler, je suis certain qu'elle pourra faire quelque chose... Mais il faut que ton amie soit d'accord... Enfin de toute façon je peux toujours me renseigner, sans donner de précisions...

– Oh, Carole est tellement désemparée qu'elle sera heureuse d'être informée, mais c'est vrai, que c'est quelque chose de tellement intime qu'il faut en préserver le secret. Tu es gentil de nous aider comme cela. Je me demandais aussi si Carole ne devrait pas avoir rapidement l'avis d'un médecin. Mais ce n'est pas facile. Tu te rends compte, qu'est-ce qu'il va penser d'elle et puis elle n'a pas un sou, et elle est forcément sur la Sécu de sa mère. Tu la vois lui demandant ça ? Elle ne s'entend déjà pas tellement avec elle !

Jean réfléchissait.

– Il y a des centres, des gens spécialisés dans ce domaine. Elle n'est pas la première ni la dernière à qui cela arrive. Et son pianiste, il est malade ? comment se soigne-t-il ?

– Je ne sais pas du tout. J'ai été tellement ahurie de ce qu'elle me disait que j'étais comme paralysée ! Incapable de dire ou penser calmement... Elle aussi, elle est dans un état second !

– Ce qu'il faut, ma chérie, dans l'immédiat, c'est continuer à l'aimer et à l'entourer... presque comme avant. Tu ne dois pas la considérer comme différente, même si tu la découvres autre. Elle-même est peut-être porteuse de ce virus, mais j'ai lu quelque part que ce n'est pas un virus comme celui de la grippe et qu'il ne se propage ni dans les poignées de main, ni en éternuant, ni en s'embrassant sur les joues, ni par les moustiques. Il y a surtout les relations sexuelles qui sont extrêmement dangereuses... Et pour cela, Carole doit voir un médecin et lui parler, tout simplement. Mais tu vois, je n'en sais pas beaucoup plus. Je ne pensais pas devoir, un jour, à mon âge, m'intéresser à ce sujet !

– Je suis désolée de t'ennuyer avec ça, dit Magali, confuse de l'embarras qu'elle donnait à Jean.

Elle réfléchissait. Que Carole semblait s'éloigner d'elle. Elle avait franchi un cap dans le monde des adultes, dans l'expérience humaine... une existence qui paraissait encore si éloignée à Magali !

– Tu te souviens, Bon-Papa, quand tu me parlais de Bonne-Maman, de la façon dont vous vous êtes rencontrés, aimés... Est-ce que l'amour d'aujourd'hui n'est plus celui d'hier ? Est-ce que nos corps sont différents ?

– Tu sais, ma chérie, l'amour a été et restera toujours le même. Dans l'amour, il y a deux choses : le cœur, bien sûr, ce cœur qui te différencie de l'animal, qui fait que ton esprit, tes pensées, ton affection vont vers un être. Il y a donc ce cœur, et puis il y a le sexe. Cette partie de toi qui gère tout ton corps par des pulsions, par une force qui peut être très grande. Mais, à la différence des animaux, la sexualité de l'homme est contrôlable par l'amour. Tu me suis ?

Magali hocha la tête.

– Quand tu aimes quelqu'un, et cela va t'arriver, mignonne comme tu l'es ! Donc quand tu aimes quelqu'un, tu cherches à faire son bonheur. C'est la base de l'amour, du vrai amour : chercher le bonheur de l'autre. Si on recherche d'abord son propre plaisir, si on recherche à satisfaire ses instincts sexuels seulement, alors ce n'est pas de l'amour, c'est de la sexualité. Chercher à faire le bonheur de l'autre, c'est se différencier complètement de l'animal, c'est ce qui fait notre grandeur d'homme. Et puis, tu sais, on est toujours gagnant, continua-t-il en souriant, parce que, comme c'est réciproque, il y a un entraînement mutuel très enrichissant !

– Donc, reprit-il, tu cherches à faire le bonheur de l'autre. Tu donnes ton cœur : ça, c'est un cadeau, un vrai, un trésor. Un trésor que tu donnes pour toujours. Tu n'as jamais eu l'idée de reprendre un cadeau que tu avais offert ? Non, bien sûr. Eh ! bien, c'est comme ton cœur, une fois que tu en as fait cadeau à quelqu'un, c'est pour toujours.

Dehors, la pluie continuait inlassablement à s'écraser en gouttelettes brillantes sur les vitres du petit studio. Au loin on entendait les bruits de la ville.

Jean s'était arrêté un instant. Il reprit doucement.

– Ce n'est pas toujours facile à vivre, tout ce que je te dis. Parce que ton cœur, même si tu le donnes, t'appartient toujours un peu, et de temps en temps, il a bien envie d'être tout seul en toi, en égoïste... Mais comme tu possèdes aussi le cœur de celui qui t'aime, tu vois, la place est prise. C'est tout simple, pas facile tous les jours, mais tout simple. Et il ne faut pas croire que ce que je te dis c'était bon pour hier et que c'est impossible aujourd'hui. Non, la nature humaine est toujours la même, c'est la société et ses lois qui changent. Et malheureusement, les lois qui sont faites pour protéger les plus faibles sont parfois détournées, ou mal appliquées. Et d'ailleurs tout ne se fait pas par les lois, mais par la conscience que l'on a du respect de l'autre et de ses propres responsabilités. Maintenant, je trouve que nous sommes trop souvent confrontés à la lâcheté des gens. Ils ne prennent plus leurs responsabilités et, résultat, ils ne pensent qu'à eux dans un souci de jouissance immédiate.

Jean s'arrêta un instant. Il se leva et prit dans un petit buffet une bouteille de jus de fruit.

– Tu en veux un peu ?...

Il lui versa un verre et se remit à parler.

– Le problème aussi, aujourd'hui, c'est que l'on ne parle pas d'amour avec un grand A, mais d'amour-sexe avec un petit a. C'est une pauvreté de la langue française ! et ce petit a de amour est trop souvent accompagné de la valise du sida, et le sida, c'est la peine de mort !... oh ! excuse moi, je ne voulais pas parler aussi brutalement et te faire de la peine pour Carole et son ami. Mais malheureusement, c'est la réalité. Alors Magali, c'est peut-être vieux jeu ce que je vais te dire, mais je suis certain d'avoir raison. J'ai vu tellement de gens avec tous les problèmes possibles et imaginables dans ma vie d'avocat, que j'ai attrapé une certaine expérience ! Donc, l'amour, le vrai, celui qui est durable et aujourd'hui, la meilleure garantie de bonheur, c'est celui où le corps que l'on offre en cadeau merveilleux à l'autre est un corps neuf, pur. Est-ce que tu offrirais un cadeau d'occasion déjà usé par quelqu'un d'autre ?

– Bien sûr que non, mais comment savoir que cette première fois, sera l'unique, et l'éternelle ? demanda Magali, un peu sceptique.

– L'amour d'hier n'est pas différent de l'amour d'aujourd'hui. Les corps sont les mêmes. Ce qui est différent, c'est la façon dont on en parle et dont on fait croire qu'il convient d'en parler. A force d'ailleurs de tout dévoiler, par exemple dans les films à la télévision, je trouve que cela manque de charme ! Enfin, c'est autre chose ! Avoue, Magali, que naturellement tu as envie, à ton âge, d'être comme les autres. Tu te sentirais bizarre ou coupable presque, de ne pas adopter les idées à la mode, je veux parler du concubinage, de l'amour libre, de la contraception, de l'avortement, du préservatif et de la facilité du divorce. Tout ce qui fait que la notion même de la famille est profondément modifiée. Il y a une multitude de facilités immédiates, et l'on n'arrive même pas, mais en a-t-on envie, à en analyser les conséquences. Il ne faut pas se laisser impressionner par ceux qui parlent haut et fort, ceux qui en ont les moyens à la télévision ou à la radio, dans les journaux ou les publicités. Ils représentent une petite partie de la population. Ils savent utiliser les instincts primaires des gens souvent à leur propre profit... et des profits colossaux, je t'assure que cela vaudrait la peine d'être étudié, mais ce n'est pas notre propos aujourd'hui. C'est tout simplement scandaleux ! dit-il en se fâchant tout à coup.

Magali sourit devant l'énergie de Jean. Celui-ci n'arrêtait plus de parler.

– C'est vrai qu'ils ont un pouvoir énorme, une puissance phénoménale... Et ce sont toujours les plus faibles qui trinquent. Tu te rends compte, moi, qui te dis tout cela, maintenant, entre nous, moi, avec mes 79 ans, dans cette maison de vieux... Qu'est-ce que cela peut faire ? Mais imagine que je sois devant un micro ou une caméra de télé et que je sois un artiste reconnu, un peu décrépi, certes... Si, si, rajouta-t-il devant l'air réprobateur de Magali... décrépi, donc, mes paroles auraient une puissance multipliée par le nombre d'auditeurs... Cela peut en faire des milliers ou des millions, le soir sur TF1 ! Le cœur n'a pas changé Magali, il a toujours besoin d'absolu. Le corps non plus, il a toujours besoin de pureté. C'est le langage que tu entends qui est profondément mauvais et pervers.

La preuve, je suis certain qu'avec cette façon que l'on a de toujours parler du préservatif, il y a des tas de jeunes qui ont envie de faire l'amour comme tout le monde!

– Là, tu exagères quand même, dit Magali.

– Pourquoi?

– Parce que, je ne sais pas moi, mais ce n'est pas comme cela que ça se passe. On est quand même libre et on n'est pas influencé à ce point par les médias. Ou alors on a perdu complètement notre liberté, presque sans nous en rendre compte... Et ce serait dramatique! Non tu vois, Bon-Papa, je crois quand même que notre société a beaucoup évolué. Nous n'avons plus les mêmes valeurs, la même façon de voir la vie. Maintenant on a aussi tellement de pouvoir avec les progrès de la médecine, de toutes les sciences, d'un bout à l'autre de l'existence, que la façon d'utiliser son corps fait partie d'un tout, différent d'hier. Mais les gens sont quand même heureux, non?

– Tu crois? Je ne sais pas... Mais tu dis justement que l'on n'a plus les mêmes valeurs, enchaîna Jean. Tu as parfaitement raison. Entre autres, il n'y a plus de références religieuses, d'interdits, de barrières, de tabous...

– C'est mieux non? répliqua Magali. A quoi est-ce que cela servait, si ce n'est à avoir mauvaise conscience si on violait ces interdits, et à remplir les confessionnaux des curés! Est-ce que l'on est plus heureux avec des interdits? Regarde Carole, elle pétillait de bonheur avec Stanislas. Elle s'est offerte à lui, parce que je le suppose, elle l'aimait. Alors pourquoi cette catastrophe du sida? Si elle avait attendu, avec des fiançailles, le mariage, comme tu le dis, qu'est-ce que cela aurait changé ? Ce sida, elle l'aurait sans doute attrapé de la même manière. Le mariage n'est pas un vaccin.

Elle s'énervait, sentait que ses arguments n'étaient pas bons !

– Le mariage n'est certainement pas un vaccin. Et autant je suis totalement opposé aux préservatifs parce que l'on a l'air de trouver normal de coucher avec n'importe qui n'importe quand, autant je me dis que, si dans un couple stable, il y en a un qui a le sida, à la suite d'une transfusion par exemple, pourquoi, si c'est efficace – ce qui reste à prouver – ne pas l'utiliser? La question n'est pas là. L'engagement dans le mariage suppose la fidélité et le respect complet de l'autre dans la pureté d'origine. Si l'ami de Carole a attrapé le sida, il y a une raison, laquelle, je ne le sais pas, et je ne l'accuse aucunement. Nous ne devons jamais juger les autres. Simplement il y a un constat à faire, une maladie existe, elle est très très dangereuse... Il faut tout faire pour l'éviter, surtout quand elle s'attrape par des attitudes qui ne sont pas humainement intelligentes !

Magali regardait fixement Jean, essayant de comprendre tout ce qu'il avait dit, de trouver les réponses aux problèmes qu'elle ne pouvait résoudre.

– Je suis bien peu de chose pour t'éclairer, ma chérie, et j'ai l'impression d'avoir parlé dans tous les sens sans t'apporter de réponses à ton appel à l'aide.

Elle soupira et se leva.

– Tu m'aides beaucoup, au contraire. Il faut que je réussisse à comprendre tout cela, à savoir comment il faut diriger sa vie. Et pour l'instant, tenir bon auprès de Carole. Allez, il faut que je parte maintenant. Merci pour tout ce que tu m'as dit, un vrai cours de philo. J'aurais dû prendre des notes, dit-elle en riant.

Elle l'embrassa.

– Tu n'oublies pas d'appeler ta Lætitia demain?

– Je n'oublie pas. Ton bonheur et celui de tes amis me tiennent à cœur!

– Pense d'abord à faire plaisir à l'autre, c'est ça? J'ai bien retenu ma leçon!

– Ce n'était pas une leçon, tu le sais bien, une simple constatation, quelque chose de tellement logique et de si lumineux pour connaître le bonheur!

– Oui, mais on est loin du sida, répliqua Magali.

– Beaucoup plus près que tu ne le penses, dit Jean pensif.

Tendrement, ils s'embrassèrent, les joues roses effleurant la peau parcheminée du vieil homme.

Jean referma doucement la porte de son petit studio.

Il se dirigea vers la bibliothèque où s'entassaient pêle-mêle nombre de bouquins de toutes sortes.

Il en ouvrit un, celui que sa Marie avait toujours sur sa table de nuit...

Il s'agenouilla et pria longuement.

9

Ses mains crispées serraient la tasse dans laquelle le thé refroidissait depuis longtemps déjà.

Le regard perdu sur le liquide ambré, il était figé, insensible à ce qui pouvait se passer à côté de lui.

De temps en temps, il secouait la tête de droite et de gauche pour refuser cette fatalité, ce destin qui l'accablait sans cesse.

Stanislas aurait voulu pouvoir pleurer... pleurer des heures durant pour noyer cette angoisse nichée en forme de boule au fond de sa gorge, de son estomac. Pleurer, mais il ne savait pas... Un homme ne pleure pas, surtout quand il est russe. Il devait se dominer, ne rien laisser voir...

Mais seul dans cette petite chambre... Qui le voyait ? Qui avait souci de lui ?

Un hoquet le traversa et le secoua tout entier.

Il déposa la tasse et se prit la tête dans les mains, se frottant les joues et la barbe naissante.

Soudain, enfin, les larmes jaillirent, violentes, bruyantes.

Comme un torrent gonflé par de trop fortes pluies, elles le secouaient tout entier.

Et Stanislas se laissa aller. Il redevenait le petit enfant avec un gros chagrin. Un petit enfant qui se nichait contre la poitrine opulente de sa « mama », disparue depuis longtemps.

Il n'y avait plus de poitrine pour se réchauffer... Il avait froid, si froid de solitude...

La clef tourna dans la serrure.

Pierre entra dans le studio en allumant les lampes.

– Tiens, mais tu es là ? fit-il étonné en apercevant Stanislas. Qu'est-ce que tu fais dans le noir ?

L'après-midi touchait à sa fin. A 18 heures, la nuit était déjà tombée, en cette fin novembre.

Stanislas, toujours prostré sur sa chaise, n'avait plus notion du temps.

Hagard, il se tourna vers Pierre... Sans même penser qu'il pouvait avoir les yeux rouges.

Pierre qui sortait ses cours de son sac, arrêta son geste.

– Ça ne va pas ? Tu es malade ?

Sans rien dire, Stanislas se leva pesamment. Il prit sur sa table un feuillet dactylographié et le tendit à Pierre.

– Qu'est-ce que c'est ?

– Regarde, tu comprendras, dit tristement Stanislas.

Pierre parcourut la liste des résultats sanguins de Stanislas et son regard s'arrêta sur la ligne : HIV : test positif.

– Merde, fit-il, pour tout commentaire.

– C'est terrible, terrible, reprit Stanislas.

Pierre avait conseillé à Stanislas une prise de sang, un bilan de contrôle, une précaution pour quelqu'un qui n'avait jamais été surveillé médicalement dans son pays.

Stanislas s'y était prêté de bonne grâce, souriant devant ces Français qui passaient beaucoup de temps à surveiller leur santé. Mais par respect pour leur jeune amitié, il ne voulait pas offenser Pierre en refusant. D'autant plus qu'il se sentait souvent très fatigué, d'une façon qu'il trouvait anormale. Il avait donc pu avoir un bilan à l'hôpital où Pierre était en stage.

Ils se regardèrent. Puis Pierre replongea dans la lecture du bilan, essayant ainsi d'avoir une contenance et de gagner un peu de temps pour mettre de l'ordre dans ses idées.

Il y avait un gouffre entre les malades inconnus dont il s'occupait en service sous la tutelle de l'interne, du chef de clinique ou du grand patron et la responsabilité énorme qu'il avait envers ce jeune homme, inconnu il y a quelques mois encore.

Il partageait maintenant une grande partie de son existence. Il le savait seul, sans famille, dans une société plus ou moins accueillante.

Stanislas dévisageait Pierre. S'il pouvait lui dire que ce n'était pas vrai, qu'il y avait une erreur, ou qu'il n'avait pas bien compris !

– Ecoute, dit Pierre, d'abord il ne faut pas paniquer. Que ce test soit positif aujourd'hui ne veut pas forcément dire que tu aies le sida. On fait toujours d'autres vérifications pour éliminer toutes sources d'erreur. Il faut que tu ailles en consultation de maladies infectieuses. Là on te fera d'autres examens, et si le test se confirme, c'est... c'est que tu as malheureusement en toi ce virus.

– J'ai combien de chances... ou de malchances... que ce soit encore positif?

Pierre soupira,

– Il faut être réaliste. Si le premier test est positif, en général le second l'est aussi. Mais cela ne veut pas dire que tu aies le sida. Tu en portes le virus, mais tu ne le manifestes pas forcément. C'est toute la difficulté du dépistage de cette maladie. Il faut se surveiller régulièrement, être à l'affût du moindre symptôme, et essayer de vivre normalement.

– Vivre normalement! Vivre normalement! se révolta Stanislas en se levant brutalement. C'est marrant ce que tu dis. Je risque de mourir dans les mois ou années à venir et je devrais faire comme si de rien n'était! Vivre normalement! Je voudrais te voir à ma place!..

– Excuse-moi, je te comprends.

Le silence tomba soudain entre les deux garçons.

L'un se sentait si jeune, si immature pour venir en aide à l'autre.

Ah! c'était bien beau ce qu'il apprenait en fac : les tests, la recherche des anticorps au fond des tubes à essai, les réactions chimiques. Cela reste incolore, c'est négatif. Cela se colore, le test est positif. On transmet les résultats sur informatique. On passe au dossier suivant.

Et puis, il y a quelqu'un : un homme, une femme dont l'existence, soudain, subit le plus grand chambardement qui soit. Parce qu'un peu de liquide s'est coloré au fond d'un tube.

Et que dire à Stanislas? Ça, on ne l'apprend pas en fac! Il ne faut pas exclure les gens qui sont séroposifs, dit-on, ils doivent vivre comme les autres... Rien que de dire cela, montre qu'ils ne sont déjà plus comme les autres. On les différencie au point de départ. Pas seulement parce qu'ils sont malades, mais par le risque qu'ils ont en eux, vis-à-vis des autres. Ils deviennent des gens dangereux, à manipuler avec précaution.

Bien sûr, il ne faut pas oublier la tendresse, indispensable au tableau de compassion !

Pierre se sentait très mal à l'aise. Il s'appuya sur les seules choses dont il se sentait capable : aider son ami à se faire surveiller et soigner.

Stanislas peu à peu, n'était même plus révolté. A l'incompréhension, succédait la fatalité.

Il avait perdu toute sa famille. Sa femme et sa fille étaient mortes. Il était arrivé en France persuadé qu'avec ses talents de pianiste et son don pour les langues, tout irait bien. Et puis les concerts ne venaient pas, l'argent était bien rare. Et crac ! La catastrophe du sida... Combien de temps réussirait-il à tenir ? Et pour qui se battrait-il ? Pour lui ? cela ne lui semblait guère stimulant. Il y avait quand même cette amitié avec Pierre. Ce n'était pas encore bien solide, bien profond, mais elle existait, c'était une petite chaleur.

Et puis il y avait ce beau regard vert, cette tendresse naissante qui lui faisait tant de bien... Oui pour elle, il fallait qu'il lutte... Mais elle était partie, furieuse quand il lui avait fait part des résultats de ce test. Il n'aurait pas dû peut-être, mais il voulait être honnête avec elle... Mais... Un doute affreux le saisit.

– Pierre, ce... si je suis réellement positif, même sans manifester le sida, est-ce que je suis contagieux? Je veux dire est-ce que je risque de te le donner par exemple ?

– A moi, non, répondit Pierre, en souriant, car nous avons des mœurs normales entre nous. Et cela se transmet par le sang ou les sécrétions sexuelles. Mais il ne faut pas avoir de relations sexuelles non protégées, car ce serait très risqué pour la dame de ton cœur !

Stanislas le regarda. L'effroi était passé dans ses yeux.

– C'est pour cela qu'elle m'a traité de salaud !

– Qui ça, elle ?

– Carole... soupira Stanislas. Tu sais, on l'avait vue avec son amie Magali, dont tu connais le grand-père. C'était à la Braderie.

Pierre était anéanti... Une gamine, cette petite Carole. Dix-sept ou dix-huit ans, sans doute. Mignonne certes, mais si jeune.

Et évidemment Stanislas n'avait jamais imaginé qu'il pourrait être séropositif et contaminer ainsi celle qu'il avait aimée un soir. Et ce jeune amour allait-il durer? Etait-ce passade d'un soir ou début d'une vraie vie commune? Et puis comment Stanislas était-il devenu séropositif?

En fait, il ignorait tout de lui. Si Stanislas se livrait sentimentalement dans sa musique, comme d'autres dans la peinture ou l'écriture, il gardait au fond du cœur beaucoup de petits tiroirs secrets.

Autant Pierre avait toujours voulu respecter cette intimité, cette retenue, autant maintenant il sentait qu'il fallait briser cette barrière. Sans cela, comment pourrait-il réellement l'aider?

– Tu veux boire quelque chose? Il doit bien y avoir une bouteille d'alcool quelque part... On en a bien besoin, dit Pierre en fouillant au fond d'un placard de la petite cuisine.

Sans attendre la réponse de Stanislas, il versa deux verres pleins de vodka-orange. Ils levèrent leurs verres en se regardant, mais sans oser dire : « A ta santé ! »

– Je ne voudrais pas me mêler de ta vie, dit Pierre, timidement, mais tu comprends, si tu le veux, je peux peut-être t'aider. Nos existences ont été tellement différentes que je peux ne pas bien comprendre, ou... mal interpréter.

Pierre marchait de long en large dans le petit appartement.

Il se retourna brutalement vers Stanislas

– Mais je tiens à t'aider, vraiment de tout cœur... si je le peux !

– Merci, répondit Stanislas en le regardant intensément. Tu m'aides déjà parce que tu es mon ami. Un ami, c'est précieux, très précieux. C'est une perle que l'on ne veut pas perdre... Je ne veux pas perdre cette perle. Mais peut-être me mépriseras-tu, et tu ne seras plus mon ami.

– C'est idiot ! dit Pierre en haussant les épaules, pourquoi te mépriser? Pourquoi te juger? Au nom de qui, de quoi? J'ai tellement de mal à y voir clair quelquefois dans tous ces drames et catastrophes qui tombent sur la tête des gens ! La médecine est bien placée pour observer, pour essayer de faire quelque chose. Et juger l'être humain serait nuisible, j'en suis certain. Mais, au fond, je crois que malgré moi, je juge les actes... Je ne dis pas que c'est bien, c'est mal, je le sens comme cela... humainement, par les conséquences naturelles que l'acte même entraîne... Cependant j'essaie de ne jamais juger l'homme, sinon comment pourrais-je apprendre à le soigner et comment pourrais-je l'aider ?

Il s'arrêta un instant, le regard perdu vers l'horizon, loin derrière les murs et les immeubles qui faisaient face à la fenêtre. Il reprit doucement.

– Ce qui me gêne, tu vois, c'est que j'ai l'impression qu'il manque une dimension. Que l'humanité ne peut pas se satisfaire d'elle-même. L'homme est à la fois trop grand et trop petit. Il lui faut quelque chose ou quelqu'un à qui se raccrocher. Sinon, il y a tant de faits inexplicables, tant de souffrances insignifiantes. Mais... je dévie, tu me fais philosopher !

Pierre but une gorgée.

– C'est bien, dit tristement Stanislas, c'est bien...

Plongé dans ses pensées, il ne savait pas quoi dire.

Le silence retomba.

Ils ignoraient l'un et l'autre comment aller dans ce domaine sacré et protégé qu'est l'intimité d'une vie.

Stanislas soupira. Il aurait voulu tant parler, mais ce n'était pas possible.

– Je suis désolé, mais, non... non... tu ne peux pas comprendre, cela ne sert à rien... Tu ne connais rien de ma vie, de mon pays... Même l'air que l'on respire n'est pas le même qu'ici. Les gens sont différents, profondément, parce que notre société, notre culture, notre race, surtout, sont différentes. Non... je ne peux pas... et...

Il se tut, les mains crispées sur ses genoux.

– Pardonne-moi..

Il se leva brutalement et sortit en claquant la porte... sans même prendre son anorak.

Pierre ressentit cette fuite de façon très douloureuse. Il se traitait d'idiot, d'incompétent, de maladroit !

Ah, il voulait être médecin ! Et il faisait fuir le premier vrai malade dont il devait s'occuper. Bravo ! Ah, oui, il savait se dominer, sauter en parachute... la belle affaire, puisqu'il était incapable de trouver au fond de lui-même l'énergie à transmettre à quelqu'un qui n'avait que lui comme planche de salut !

Il referma rageusement ses notes d'anapath, qu'il se sentait incapable de travailler ce soir-là.

La vodka lui faisait tourner la tête. Il regarda l'heure :

20 heures, les resto U étaient fermés. Rien ou presque dans le frigo. Un bout de baguette rassis du matin traînait sur la minuscule table.

« Je vais faire un tour en courant, cela me défoulera, se dit-il. »

Il enfila un survêtement, chaussa ses jogging et, sans oublier gants et bonnet, il partit dans la fraîcheur de la nuit.

Il traversa le centre ville où les gens se pressaient pour attraper train, bus ou rejoindre leurs voitures et se retrouver au chaud chez eux. De nombreux magasins étaient encore allumés. Dans les bistrots, la foule embuait les fenêtres. Des files frileuses s'étiraient à l'entrée des cinémas.

C'était la ville, le soir... D'habitude Pierre aimait s'y promener tranquillement, en observant les comportements des uns et des autres, ou les monuments et les magasins.

Ce soir, la découverte de ses propres faiblesses le déboussolait complètement.

Il courait, soufflant régulièrement. Son haleine chaude s'échappait en petite fumée au rythme de sa respiration.

Il traversa le centre ville et se dirigea vers l'Esplanade.

La lune se mirait doucement dans la Deule, la transformant en un serpent brillant, presque cristallin, cachant ainsi sous un manteau de lumière une eau visqueuse et grise où peu de poissons osaient se risquer.

Il fit tranquillement le tour de la Citadelle, magnifique construction de Vauban, abritant le 43e régiment d'infanterie.

La fatigue du début de la course, augmentée par l'alcool ingurgité, fut vite oubliée. Peu à peu, Pierre, régulièrement, en foulées souples, avala plusieurs kilomètres.

Le calme l'envahit. Il respira profondément. Enfin, il s'arrêta et après quelques mouvements d'assouplissement, reprit le chemin du logis en petites foulées.

Rasséréné, Pierre rentra, non sans avoir pu récupérer dans une boutique encore ouverte biscottes, jambon, pâtes et trois tomates.

Mais Stanislas n'était pas rentré. Pierre se mit à dîner seul. Il aurait tant voulu lui reparler tout de suite... Où était-il ?

Très tard, dans la nuit, c'était même le petit matin, la porte s'ouvrit.

Titubant, Stanislas s'avança en heurtant les meubles.

Complètement ivre, il s'affala tout habillé sur son lit... et se mit à ronfler bruyamment.

10

Assise derrière son bureau, la blouse blanche impeccable, Lætitia regardait Jean Casal en face d'elle. Cela lui faisait toujours grand plaisir de revoir ses anciens malades et elle trouvait que c'était bien trop rare.

Jean lui parut changé. En costume, cravate (il y tenait quand il sortait), il avait repris un peu de poids et des couleurs. S'il boitillait encore, sa fracture ne semblait plus qu'un mauvais souvenir.

– C'est gentil de me recevoir, dit-il en souriant, mais je ne voudrais pas vous tenir trop longtemps, vous devez avoir du travail.

– Cela me fait vraiment plaisir de vous revoir, vous savez, et le service est, en plus, bien calme en ce moment. Il ne doit pas y avoir trop de salles de bains glissantes, continua-t-elle en riant et en se souvenant de la raison de la fracture de Jean.

– Je voudrais surtout, si c'est possible, vous demander un petit conseil.

Il lui raconta les confidences de sa petite-fille et toute l'angoisse qui avait envahi son existence et celle de son amie.

– Je ne sais pas trop comment vous aider, dit Lætitia, au bout d'un moment, en haussant les sourcils. Je n'y connais pas grand-chose. Même les infirmières sont très spécialisées maintenant et je suis beaucoup plus à l'aise dans la chirurgie osseuse qu'en maladies infectieuses. Il faut surtout que ce jeune homme soit surveillé et soigné dans un service spécialisé. Dans le Nord, c'est à Tourcoing, au centre hospitalier. Il faudrait qu'il y aille vite. Ce n'est pas que le sida évolue rapidement, mais c'est surtout humainement et psychologiquement qu'il doit être pris en charge. Actuellement, je suppose qu'il doit se sentir sur une coquille de noix qui coule et il faut lui donner tous les moyens de réagir positivement.

Jean écoutait avec attention.

Elle continua :

– Je suppose que l'amie de votre petite-fille doit aussi être profondément perturbée et elle aussi, il faut l'encourager à avoir des conseil médicaux. Je sais bien que ce n'est guère facile. A cet âge, il est tellement normal de ne pas penser à la maladie que, lorsqu'elle arrive, c'est la panique !

Jean était déçu. Il comptait beaucoup, sans doute trop, sur cet entretien pour apporter des renseignements valables à Magali. Il sentait que l'infirmière se retranchait derrière une prudence professionnelle dans un domaine où elle n'était pas spécialiste. C'était honnête de sa part, mais cela ne pouvait satisfaire Jean.

Il se disait aussi qu'il se mêlait peut-être de ce qui ne le concernait pas. Mais après tout, c'était sa petite-fille elle-même qui l'avait appelé au secours... et tout compte fait, cela lui faisait le plus grand bien, à lui, Jean, de se sentir utile à quelque chose ou à quelqu'un !

Il réfléchissait, il fallait qu'il trouve une idée.

Tiens... mais oui ! Il y a quelque chose à faire ! Cela n'a rien à voir avec cette satanée maladie du sida, mais il faut que ces jeunes sentent qu'on s'occupe d'eux, et il fallait leur changer les idées.

Et c'est ainsi que Jean se mit dans la tête d'organiser un concert pour ce pianiste qu'il ne connaissait pas, dans sa résidence, pour Noël.

« Voilà, se disait-il, tout bas, en comptant les résidents (ceux qui ne sont pas trop sourds) et leurs familles, on pourrait avoir facilement une soixantaine de personnes... en demandant 50 francs par personne, cela ferait un petit cachet non négligeable. »

Jean, qui avait un piano à queue chez lui, n'avait pas voulu s'en débarrasser complètement en déménageant et c'est dans un coin de la grande salle à manger de la résidence des personnes âgées, que ce piano avait abouti. La direction avait accepté facilement ce prêt qui, sentimentalement, faisait tant plaisir à Jean. Marie avait si souvent joué sur ce Steinway !

Il allait en parler à Magali. Ça, c'était bien !

Jean était tout content de son idée. Il imaginait déjà les invitations. Il allait pouvoir ouvrir le piano, frotter les touches d'ivoire avec un peu d'alcool pour les nettoyer, et entendre le martèlement sympathique de l'accordeur qu'il ferait venir.

Evidemment, il fallait que le jeune homme accepte et il était indispensable de l'entendre avant et de concevoir avec lui un programme.

Jean était ragaillardi par son projet. Il se dépêchait, à sa manière, de rentrer chez lui.

L'idée du concert emballa tout de suite Magali qui s'empressa d'en parler à Carole.

Encore sous le choc, Carole ne savait que dire.

– Tu te rends compte de la façon avec laquelle je l'ai quitté la dernière fois ? Comment va-t-il me recevoir ?

Je ne sais même pas si j'ai envie de le revoir... Cela ne lui plaira peut-être pas ? Tu sais que pour un concert classique, même devant des personnes âgées, il a besoin de travailler, de répéter souvent. Et il n'a même pas de bon piano à sa disposition.

– Justement, répondit Magali, bien décidée à trouver tous les arguments, c'est l'occasion. Je crois que Bon-Papa a eu une idée géniale. Premièrement, tu lui donnes l'occasion de te reparler, deuxièmement, on lui offre la possibilité de jouer et de répéter sur un excellent piano. C'est tout ce qu'il souhaite, non ? Est-ce que tu ne crois pas que cela doit être indispensable pour lui de retrouver un but, un avenir ? Il doit être désespéré !

Carole la regardait.

Elle se disait qu'elle aussi, était désespérée. Magali sentait-elle à quel point cette proposition lui semblait maladroite. Que savait-elle de Stanislas ? Et c'était elle, Carole, qui se trouvait d'abord dans une angoisse épouvantable. Magali et son grand-père paraissaient s'intéresser plus à Stanislas qu'à elle !

« Et moi, avait-elle envie de hurler, et moi ? Moi aussi, j'existe, moi aussi, je souffre ! »

Et fallait-il qu'elle le revoie ?

– Pourquoi, toi et ton grand-père faites cela pour lui ? Vous ne le connaissez pas ! C'est peut-être un moins que rien qui m'a raconté des histoires. C'est un bon pianiste, c'est vrai, et il m'a sans doute envoûtée. Mais qu'est-ce que cela prouve ? Tout ce qu'il m'a dit sur sa Russie, sa famille, c'est sans doute faux... pour que je m'attendrisse ! Oh, fit-elle en soupirant tristement, je ne sais plus où j'en suis.

Magali avait le cœur serré, car elle devinait toute la détresse de Carole.

– C'est justement la meilleure façon de connaître quelqu'un : le voir vivre et agir avec ses amis, sa famille, les autres. On ne peut pas toujours se cacher derrière un masque. Tôt ou tard, tu le comprendras mieux et tu auras ou non pleinement confiance en lui.

– Et puis, continua Magali, il faut que tu aies confirmation de cette histoire de sida. Que toi aussi, tu ailles demander conseil. Tu sais Carole, si on essaie de faire quelque chose pour lui, c'est surtout d'abord pour toi. Tu as construit quelque chose avec Stanislas. Quelque chose sans doute de très fort, je ne sais pas... Mais aujourd'hui, c'est une destruction qui s'annonce, et tu ne peux pas vivre comme ça, dans le négatif complet. Tu dois trouver ce qui pourra t'aider à réagir positivement. Donc, pour y revenir, va dans un centre pour consulter.

– Je n'oserai jamais y aller toute seule. Je ne vais certainement pas en parler à maman.

– Pourquoi pas ?

– Mais elle ne comprend jamais rien. J'existe à peine pour elle.

– Ce n'est pas possible. Ce sont des idées que tu te fais. Une maman est toujours présente, surtout quand son enfant a particulièrement besoin d'elle.

– Oui, cela devrait être, répondit tristement Carole. Toi tu as cette chance, moi pas...

Elle se rendit compte alors à quel point l'attention et l'amour de Stanislas lui étaient devenus si indispensables.

Magali reprit :

– Il y a quelqu'un à qui il faut parler. C'est bête de ne pas y avoir pensé plus tôt. C'est Pierre. Il est étudiant en médecine. Il doit être capable de vous orienter, toi et Stanislas. Et j'ai le sentiment qu'il doit quand même bien connaître Stanislas, du fait qu'ils partagent l'appartement.

– Tu sais ce que l'on va faire, affirma-t-elle enthousiaste, on va se rencontrer à quatre. Ce sera moins gênant pour toi que de te retrouver seule avec Stanislas. Ou on fait autrement, comme tu le veux !

– Mais Pierre, que va-t-il penser de nous ?

– Je n'en sais rien. Je le connais à peine, mais j'ai l'impression qu'on peut lui faire confiance. Allez, tu vas voir, on leur téléphone, et on débarque chez eux avec une pizza et un dessert. Et puis on fera comme si de rien n'était. On vient uniquement parce que mon grand-père recherche un bon pianiste pour ses vieux. Et le reste, on n'en parle pas. Je crois qu'il ne doit rien y avoir de plus désagréable que de se sentir mis à nu devant tout le monde. Et ce problème de sida, je te le promets, c'est un secret entre nous, uniquement partagé avec Bon-Papa, et lui, tu sais, le secret de l'instruction, il connaît !

– Attends, attends encore un peu, dit Carole, affolée devant l'enthousiasme de Magali. J'ai besoin de réfléchir, d'y voir clair. Je ne veux pas le revoir maintenant. Je... je ne peux pas... Cela me fait peur, tu comprends. Et puis il va bien se douter que tu es au courant... Il sait que l'on se dit tout, enfin presque tout ! On va attendre la semaine prochaine. Samedi, j'irai à Tourcoing, dans ce centre dont tu m'as parlé... Après je verrai.

11

Un peu gênées, Magali et Carole venaient de sonner en bas de l'immeuble.

Légèrement maquillées et parfumées, elles étaient vêtues de petites jupes fourreaux sombres laissant découvrir les jambes gainées de noir. Ses longs cheveux blonds sur les épaules, Carole regardait avec angoisse Magali. Son chemisier blanc entrouvert sur un long cou nu auréolait son visage. Magali avait attaché ses cheveux avec un gros nœud de couleur si seyant à leur teinte sombre.

Après dix jours d'hésitations, Carole s'était alignée sur la proposition de Magali. Son désir de revoir Stanislas était aussi fort que son angoisse à l'idée de se retrouver en face de lui !

Elles avaient téléphoné, se faisant très mystérieuses :

– Peut-on venir vendredi soir ? Nous avons une bonne nouvelle pour Stanislas, et nous avons trouvé que ce serait sympa de dîner ensemble. C'est possible ? Chic ! Alors on apporte la pizza et le dessert et vous vous occupez du reste, ça va comme cela ?

Pierre avait raccroché, interrogatif. Quelle pouvait être cette bonne nouvelle ? Pouvait-il d'ailleurs y en avoir une assez bonne pour diminuer l'autre si mauvaise ? Magali ne semblait au courant de rien. Tant mieux ! Son rire, sa joie de vivre leur feraient le plus grand bien !

– Salut!

– Salut!

On s'embrassa sur les deux joues.

– Entrez, dit Stanislas. Vous n'avez pas eu de difficulté pour trouver?

Il fallait dire quelque chose... n'importe quoi qui fût banal, pour se décontracter.

– Bienvenue dans notre château, s'exclama Pierre. Gentes dames, faites-nous l'honneur d'asseoir votre séant sur ces fauteuils confortables.. Des coussins étaient jetés à même le sol, autour d'un petit plateau où quatre verres et quelques biscuits d'apéritif attendaient les visiteuses.

– C'est sympa, chez vous, dit Magali.

Les murs étaient couverts de posters, affiches de cinéma, annonces de concerts, parachutistes, un méli-mélo d'art, de médecine et de sport. Les deux lits disparaissaient sous des montagnes de dossiers, de livres, de disques et de partitions, que les deux garçons avaient retirés de l'unique table de travail qui trônait au milieu de la pièce et qui, pour la circonstance, s'était transformée en table de restaurant.

– Je vous ai préparé un petit apéritif russe, dit Stanislas, j'espère que vous aimerez.

– Ce n'est pas trop fort? dit Magali.

– Non, non, rassura Stanislas, en souriant.

– Méfiez-vous quand même, reprit Pierre. Les Russes ont une sacrée descente!

Carole ne disait toujours rien. Elle et Stanislas n'avaient pas encore osé se croiser du regard.

Elle trouvait la banalité de cette conversation un peu hypocrite, mais il fallait tout simplement raccrocher le fil cassé... mais un fil qui révélait une déchirure si profonde !

Pourquoi était-elle là ce soir ? Que venait-elle chercher ? Pourquoi revenir ainsi remuer le fer dans la plaie, en regardant celui par qui tant de bonheur et tant d'horreur étaient arrivés. Il l'attirait comme un papillon vers la lumière et elle s'était brûlé les ailes !

Avec lui, elle était devenue femme. A cause de lui, elle serait peut-être bientôt rongée par le virus de la mort. Le médecin consulté lui avait dit que l'on ne pouvait rien savoir avant trois mois, le temps que le virus fasse des anticorps décelables à l'examen biologique. Il fallait qu'elle ait des rapports « protégés » comme il le disait. Il fallait qu'elle se protège de lui. Peut-on se protéger de quelqu'un que l'on aime ? Elle était plus que désemparée, ne voulant même plus penser à l'acte d'amour. Dans sa tête, dans son corps, cet acte était irrémédiablement lié à la maladie. Elle se disait que sa réaction était idiote, à fleur de peau. Des millions de gens aimaient tous les jours, naturellement, avec bonheur ! Elle, elle se sentait brisée !

Elle sursauta, Pierre avait levé son verre.

– A la vôtre.

On leva son verre.

Alors, seulement, les yeux verts rencontrèrent les yeux bruns et une intense émotion saisit les deux cœurs.

– Qui veut un petit biscuit ? dit Pierre en faisant circuler l'assiette. Il déployait toute son énergie à faire et dire n'importe quoi, pour décontracter l'atmosphère.

– Il va falloir maintenant que l'on sache pourquoi vous teniez tant à nous offrir une pizza ce soir ! Oh, zut, j'ai oublié de la mettre au four !

Il se leva, se précipita dans la petite cuisine et revint s'asseoir.

– Alors Carole, on peut savoir ?

Stanislas la regardait tendrement. Si elle pouvait simplement sentir les battements de son cœur !

– C'est plutôt Magali qui sait et qui va pouvoir vous expliquer. Vas-y, dit-elle en s'adressant à son amie.

– Eh ! bien, voilà...

Magali parla de son grand-père, de son amour pour la musique, de son vieux Steinway, de la résidence des personnes âgées...

– Ce n'est évidemment pas un concert salle Pleyel, mais je crois que cela ferait énormément plaisir à Bon-Papa que vous acceptiez, dit-elle en s'adressant à Stanislas. C'est dur pour lui de se retrouver comme cela dans cette maison qui n'est pas la sienne, coupé de toutes ses habitudes. A son âge, ce n'est pas facile !

– C'est vrai, dit Pierre qui se souvenait de Jean Casal, sur son lit de clinique, que votre grand-père est assez extraordinaire. Discret et terriblement volontaire, doux pour les autres et si dur pour lui !

– Si on se tutoyait tous, interrompit brusquement Carole. Ce serait plus facile, non ? C'est vrai, on se fait inviter chez vous, comme si vous étiez de notre famille et nous en sommes encore aux ronds de jambe !

– Ronds de jambe ? reprit Stanislas en fronçant les sourcils, qu'est-ce que cela veut dire ?

– C'est vrai, tu n'es pas français, on l'oublie tant tu parles bien notre langue ! dit Pierre. Les ronds de jambe rappellent les bonnes manières que l'on avait dans le temps pour saluer les seigneurs et les grands personnages. Je crois que c'est ça. C'est une façon de dire que l'on fait des tas de manières pour rien, des politesses exagérées.

Tout en parlant il s'était levé, s'inclinant devant les filles en faisant de grands saluts et tournant les jambes de tous côtés. Bientôt gêné par l'étroitesse de l'espace, il voulut éviter la table et les verres, se raccrocha à une chaise et s'affala le derrière par terre !

– J'ai compris, dit en riant Stanislas, c'est mieux de ne pas faire de ronds de jambe, c'est beaucoup trop risqué !

La soirée fut très agréable. On aborda tous les sujets, comme quatre vieux amis qui partagent tout depuis longtemps.

Chacun parlait de tout et de rien : de la médecine, de la Russie, du parachutisme, de la musique, du lycée, du bac, des études à venir.

On riait, on faisait des projets.

Magali et Carole se trouvaient encore si petites filles, si jeunes, si inexpérimentées devant les deux garçons. Ces deux hommes qui les subjugaient et qui connaissaient déjà tant de choses de la vie.

L'apéritif russe et le vin aidant, elles se sentaient peu à peu la tête lourde, mais le cœur en fête.

Bientôt Magali regarda sa montre s'exclama :

– Mon Dieu, j'ai promis aux parents d'être en bas à 11 heures, ils viennent nous chercher. Si on ne se dépêche pas, ils vont être furieux.

Le repas était fini depuis longtemps et la discussion se poursuivait, avec un fond musical choisi par Stanislas et Carole.

– On file, vite Carole ! On se rappelle pour le concert !

– J'espère que ce sera oui, dit Carole à Stanislas, cela me ferait tant plaisir, et tu pourras répéter sur le Steinway, Magali va voir avec son grand-père comment faire.

– Au revoir, Stanislas, dit-elle tendrement, merci pour cette bonne soirée. Ils se prirent la main en un imperceptible mouvement de tendresse et s'embrassèrent amicalement.

– Merci pour tout, rajouta Magali, bon allez, vite, grouille-toi !

Elles dégringolèrent l'escalier, saluant d'un dernier signe de la main les deux garçons penchés sur la rampe.

12

Et Pierre pensait à Magali... et Stanislas pensait à Carole !

Pierre aimait la vitalité de Magali, sa gaieté, sa promptitude à agir, en même temps qu'il décelait en elle un cœur attentionné et fidèle. Il ne s'était jamais beaucoup intéressé aux filles jusqu'à présent. Plongé dans les études et le travail jusqu'au cou, il n'avait guère le temps de sortir et il n'avait surtout jamais rencontré quelqu'un avec qui il soit à l'aise, avec qui les échanges puissent être à la fois profonds et gais. Elle était toute jeunette encore, Magali, se disait-il, mais déjà si femme par certains côtés.

Ni Pierre ni Stanislas n'avaient envie de se coucher. Il leur fallait de toute façon remettre l'appartement en ordre et faire la vaisselle.

– Tu vas accepter pour ce concert ?

– Je ne sais pas. Cela fait tellement longtemps que je n'ai pas réellement travaillé.

– Mais tu joues plusieurs fois par semaine. Tu n'es pas rouillé !

Stanislas sourit.

– On voit que tu n'y connais rien ! Un pianiste doit travailler six à sept heures par jour avant un concert. Tout doit être mis au point : non seulement la technique, mais la compréhension de l'œuvre. Toute son histoire si tu veux, tout ce qu'elle signifie et c'est cela que les doigts et le cœur racontent. Chaque note a son importance, chaque silence a une signification dans toute l'architecture, l'équilibre de l'œuvre. C'est un autre monde que celui du jazz !

– Ce serait vraiment bien que tu puisses le faire, insista Pierre, cela te donnerait l'occasion de rejouer vraiment en public, de reprendre pied et un peu à la fois espérer trouver des concerts plus importants. On ne sait jamais... Je crois qu'il ne faut laisser passer aucune occasion, cela vaut la peine.

– Peut-être, répondit Stanislas, encore sceptique, mais si ce n'est pas parfait, c'est pire que tout.

– Ce que tu es exigeant ! Comment cela ne pourrait-il être parfait, tu es excellent. Je t'assure, je n'y connais pas grand-chose, mais quand tu joues, c'est vraiment extraordinaire. La preuve, j'arrive à aimer la musique classique en t'écoutant. Il faut le faire ! Et puis... Eh ! Ne touche pas à la vaisselle ! Tu vas t'abîmer les mains... et tes mains, c'est de l'or !...

Ils s'éclaboussèrent en riant avec la mousse de l'évier.

Poussé par la curiosité et l'envie dévorante de se mettre un Steinway sous les doigts, Stanislas accepta de rencontrer Jean... et de faire connaissance avec le piano.

13

On avait retiré les tables de la grande salle à manger. Le piano s'était mis en tenue de fête : couvercle grand ouvert, pupitre retiré. Il offrait au futur public son plus bel aspect.

Jean était heureux et très excité !

Il avait fait quelques affiches que l'on avait apposées dans différents endroits de la résidence et surtout il avait confectionné un petit carton d'invitation pour les familles et les amis.

Ce dimanche après-midi, quelques jours avant Noël, il faisait très froid. Le soleil rouge distillait une pâle lueur à travers les arbres qui tendaient leurs branches maigres vers un ciel gris bleuté. Heureusement, il ne neigeait pas, il n'y avait ni brouillard, ni pluie, ni verglas. « Les gens vont venir nombreux », se dit Jean. C'était l'appréhension normale que ressentent tous les organisateurs d'une manifestation : que les chaises placées soient toutes occupées ! Jean en avait fait mettre cent cinquante.

Stanislas avait beaucoup répété et travaillé gammes et exercices des heures durant. Jean n'en revenait pas de ce travail acharné, méthodique, fait avec persévérance et régularité. Il lui arrivait parfois de reconnaître des bribes d'œuvres et se demandait bien ce que cela donnerait... en entier. Jusqu'au moment où, quelques jours avant le concert,

Stanislas lui dit qu'il allait jouer l'ensemble et serait heureux de l'avoir comme critique.

Jean fut subjugué.

Son enthousiasme pour ameuter les récalcitrants et les pantouflards ne baissait plus. Il trouvait tous les arguments.

– Un concert? Mais je n'entends pas grand-chose!

– Ce n'est pas grave, on vous mettra tout près.

– J'ai mes enfants qui viennent, je ne peux pas.

– Au contraire, ils seront ravis d'avoir quelque chose à faire avec vous!

Les vieilles et les quelques vieux s'installèrent bientôt (il y a toujours beaucoup plus de veuves que de veufs!). Elles avaient mis leurs belles robes à fleurs, certaines gardant leurs grosses pantoufles et charentaises pour épargner les « oignons et cors » qui les faisaient souffrir. Parfois, on voyait sur des joues ridées un peu de rouge qui rendait les pommettes saillantes et des lèvres étaient maquillées maladroitement d'une main tremblante qui avait fait dévier le bâton de rouge!

Elles s'étaient installées bien à l'avance, pour avoir les bonnes places.

Ce jeune homme, grand, brun... elles l'avaient déjà aperçu. Qu'il était beau! Elles avaient entendu quelques notes et cela les avaient rassurées : c'était de la vraie musique, comme dans le temps!

Carole avait invité sa mère. Elle lui avait un peu parlé de Stanislas : le copain d'un copain... C'était vague, cela suffisait.

Mme Maréchal avait voulu faire plaisir à sa fille. Elle se sentait souvent coupable de l'abandonner... Et les fêtes approchant, elle avait plusieurs projets dans lesquels Carole n'avait pas place. Elle n'aimait pas beaucoup la musique. Mais au fond, deux heures seront vite passées et elle se sentirait ainsi la conscience tranquille vis-à-vis de Carole, sans que cela empiète sur les fêtes à venir !

Magali avait elle aussi entraîné ses parents, ses frères, d'autant plus facilement que c'était le grand-père qui organisait ce concert et tout le monde était ravi de le voir reprendre goût à la vie.

Pierre était là, évidemment.

Bref, un joli mélange de générations qui papotait en attendant que le concert commence. La salle était pleine.

Seul, dans une petite pièce, Stanislas, qui avait mis son costume de concert, complètement démodé, se concentrait.

Il refusait, dans ces moments-là, de voir et parler à quiconque. Il exigeait le silence et la tranquillité complète.

Même si ce n'était pas un grand concert, il fallait que ce fût parfait. Il le voulait. La seule façon pour lui de se racheter aux yeux de Carole.

Jean Casal s'avança, on se tut.

Rapidement, il présenta le jeune artiste, les œuvres de Chopin, de Liszt, de Mozart qu'il allait interpréter.

Il s'éclipsa, quelques lampes s'allumèrent, d'autres s'éteignirent.

Stanislas arriva, assez pâle, tendu.

La main gauche sur le piano, il salua le petit public, s'assit, posa les deux mains sur les genoux, ferma les yeux, respira à fond.

Un silence profond s'abattit sur la salle. Personne n'avait encore songé à tousser.

Puis il entraîna vieux, vieilles, jeunes et adultes dans le tourbillon des notes sur le calme de sa méditation.

Il y avait bien de temps en temps un ignare qui applaudissait entre deux mouvements, sévèrement réprimandé par les connaisseurs.

– Chut !

– Ben, c'est beau, quoi, j'ai le droit d'applaudir !

– Pas maintenant, chuchotait-on, ce n'est pas fini !

– Ah, bon, je croyais !

– Chut !

Stanislas ne voyait personne. Le monde extérieur avait disparu. Il était plongé en entier dans sa musique qui le faisait vibrer au plus profond de lui-même.

Carole ne le quittait pas des yeux... Elle ne voyait pas sa mère qui furtivement consultait sa montre de temps en temps...

La nuit était tombée.

Stanislas, épuisé, mais heureux, serrait toutes les mains de ceux qui voulaient avoir l'honneur de saluer un grand pianiste et de le féliciter.

– C'était magnifique !

– Merci.

– Très bien, très bien, Stanislas. Toutes ces petites notes lancées à toute allure ! Impressionnant, vraiment impressionnant !

Mme Maréchal était satisfaite de son compliment. Stanislas s'était incliné devant elle.

– Merci, madame.

Carole hésitait entre l'envie irrésistible de rire, tant elle trouvait la remarque de sa mère ridicule, et la honte d'être la fille d'un tel puits de sottises !

– Bon, ma chérie, continua Mme Maréchal, je me sauve. Tu rentres avec moi ?

– Non, non, je vais aider Magali et son grand-père à tout ranger et on va peut-être sortir entre copains.

– D'accord, d'accord, mais ne rentre pas trop tard. Tu as certainement du travail à faire pour demain et n'oublie pas de téléphoner à ton père, sinon c'est à moi qu'il le reprochera.

Mme Maréchal partit, auréolée de l'autosatisfaction du devoir maternel accompli, comme il le fallait, dans les moindres détails...

Carole se trouva enfin seule avec Stanislas. Cela ne leur était pas arrivé depuis le fameux soir, celui où elle était partie en l'injuriant.

– C'est vraiment magnifique, lui dit-elle, tu as l'art de faire dire aux notes tout ce que l'on ne pourra jamais dire avec des mots.

Elle lui prit les mains, les retourna, les contempla.

– Tu as de si belles mains !

Stanislas ne disait rien. Il avait peur de rompre le charme qui s'installait entre eux.

– Stanislas, je voudrais te dire que... que je regrette. Je regrette beaucoup mon attitude quand je t'ai insulté. J'ai eu peur, je ne comprenais pas... Est-ce que tu me pardonnes ?

– Je n'ai rien à te pardonner. C'est moi qui suis coupable, si coupable. Je t'ai fait mal et je te ferais peut-être plus mal encore, malgré moi... C'est affreux...

Il la regardait si heureux et si malheureux en même temps !

– Carole, je t'aime.

– Moi aussi, je t'aime... pour le meilleur... et pour le pire !

– Je crois que le pire est devant nous, reprit-il doucement et je comprendrais que tu me rejettes, moi et mon amour.

Il s'arrêta, serrant très fort les mains de Carole.

– J'ai fait un deuxième test, c'est confirmé, je suis réellement séropositif.

Elle ferma les yeux, la gorge serrée.

– Je m'y préparais, dit-elle doucement. Moi aussi j'ai consulté. Je ne sais rien. C'est trop tôt. Mais j'ai compris une chose, maintenant... Je ne t'abandonnerai pas, jamais, et tu ne m'abandonneras pas... La vie est bonne chaque jour... Nous deux, on cueillera une fleur tous les jours et on en fera un bouquet, petit ou gros, peu importe, il sera beau.

Elle appuya sa tête contre sa poitrine.

Il lui caressa les cheveux.

Ils se sentirent unis à jamais.

14

Le bâtiment était immense, froid, sombre. Des colonnes s'élevaient si haut vers le plafond qu'elles se perdaient dans la nuit.

Au fond, tout au fond, brillaient quelques lumières. Elle s'approcha... C'étaient des bougies. Il y en avait six. Elles étaient disposées autour d'une grande caisse allongée.

– Salut, dit une voix venant de la caisse.

– Qui es-tu ?

– Je suis toi.

– Moi ? Ce n'est pas possible.

– Si, si.

– Pourquoi là dedans ?

– Parce que tu es morte... morte...mor... te...

La voix s'était mise à hurler, amplifiée par la hauteur des voûtes, elle se répercutait et revenait plus forte, plus aiguë, faisant vaciller les flammes des bougies...

Carole se réveilla en sursaut, le cœur battant. Elle tâtonna et trouva l'interrupteur de la lampe.

La respiration courte, la tête brûlante, elle s'assit et se força à regarder tout ce qu'il y avait autour d'elle, dans l'intimité de sa chambre.

« Quel cauchemar », se dit-elle, en frissonnant.

Depuis plusieurs jours, elle n'arrivait plus à trouver le sommeil : l'horreur de la découverte de la séropositivité de Stanislas, l'angoisse de l'attente des résultats des tests pour elle la mettaient au paroxysme de l'anxiété.

Son imagination galopait. Elle se voyait dans un lit d'hôpital avec des tuyaux partout, souffrant le martyr. Ses rêves mélangeaient tout, c'était parfois elle, parfois un autre, mais qui ?

Elle avait peur... peur dans son corps, peur dans sa tête.

Elle avait toujours croqué la vie, comme elle venait, avec plaisir et enthousiasme. Elle avait même réussi à dominer les fractures familiales et les projets affluaient sans cesse. Et soudain, parce qu'elle aimait, ce qui devait être humainement le plus merveilleux, devenait cauchemardesque !

Pourquoi l'amour pouvait-il ainsi se transformer en mort ? Elle ne comprenait pas, c'était révoltant, absurde. Au XXᵉ siècle, avec tous les progrès de la médecine, laisser une épidémie se répandre d'une façon incontrôlable, sans traitement possible, lui semblait tellement irréel !

Carole se leva, alluma sa radio, doucement, pour ne pas réveiller sa mère. Il était 3 heures du matin, elle essaya de lire, mais ne put concentrer ses idées.

Il fallait qu'elle trouve quelque chose à faire, mais quoi ? Elle se disait que si elle attendait ainsi plusieurs mois avant de connaître les résultats des tests, elle allait devenir folle. Elle avait entendu parler de jeunes qui s'étaient suicidés dans cette désespérance et cette crainte du sida. Elle qui trouvait cela complètement idiot et faible de leur part commençait à comprendre.

« Etre condamnée à mort dans les pires souffrances, c'est ce qui m'attend, se disait-elle... mais qu'est-ce que j'ai fait, qu'est-ce que j'ai fait ? »

« Rien... si ce n'est aimer ».

Et le jeune amour claque comme un coup de tonnerre, il tombe n'importe où, sans prévenir. Pourrait-on penser un seul instant, quand le cœur tressaille, que le corps de l'autre est malade, dangereux ?

Carole tournait et retournait toutes ces réflexions dans sa tête bien fatiguée.

Elle se leva sans bruit et prit une aspirine dans la salle de bain. Elle descendit et but un grand verre de lait froid.

« Il faut que je dorme... Je vais avoir une tête épouvantable et maman va se poser des questions... Enfin, si elle pense à me regarder !... »

15

Noël approchait.

Chacun se préparait à cette fête, ignorant pourtant de plus en plus la raison de son existence. Dans une France dont l'histoire est si enracinée dans le catholicisme, Noël était devenu, comme partout dans le monde, une grande fête commerciale. Une fête où il fallait quand même satisfaire le besoin de chacun de « faire un peu d'humanitaire ». Le terme de charité était aux oubliettes depuis longtemps, mais il apparaissait normal qu'à cette époque-là, on pense un peu aux autres.

On recherchait donc les sans-logis, les chômeurs, les clochards, les malades et les mourants, et tous les laissés-pour-compte d'une société qui daignait, à ce moment-là, leur jeter un regard compatissant en offrant le surplus des frigos ou des jouets.

C'était bien, cela forçait un peu les gens à penser aux autres, cela leur donnait bonne conscience !

M. et Mme Valembois, les parents de Pierre, s'apprêtaient eux aussi à célébrer Noël. Pierre serait avec eux, ce soir-là, et encore trois jours après. Quel bonheur !

Ils ne le voyaient pas assez souvent, ce grand fils dont ils étaient si fiers ! L'ennui, cette année, c'est qu'il avait invité un ami de chambre... un Russe. C'était ennuyeux d'avoir un étranger avec soi pour les fêtes. La vie de famille, c'est important... même si elle n'est pas bien grande, cette famille.

– Un Russe, tu te rends compte, avait dit Mme Valembois à son mari. Ces gens-là, on m'a dit que, lorsqu'ils boivent, ils vident leur verre cul sec et le jettent derrière eux !... s'il fait ça, je lui donne un gobelet en plastique !

Elle était bien ennuyée, Mme Valembois mais pas peu fière. Au moins, elle avait un sujet de conversation à la supérette du coin. Cela lui donnait une auréole de mystère et de grandeur... Tout le monde ne pouvait pas dire qu'il accueillait un Russe chez lui. Elle et son Gustave devenaient des gens de niveau international... Et puis les Russes, c'est communiste et ça chante *l'Internationale*... c'est normal !

M. Valembois bougonnait en entendant les réflexions de sa femme. Il l'aimait bien sa Thérèse, mais par moment, elle avait l'art de l'énerver !

Lui se faisait une grande joie de ces fêtes. Il se mettrait au fourneau. Il adorait faire la cuisine et réfléchissait depuis plusieurs jours au repas qu'il préparerait. Il était bien content de la venue du Russe et ravi de connaître ainsi un ami de son fils, il avait sans doute tant de choses à raconter.

Gustave et Thérèse habitaient près de Lens, en région minière. Si la maisonnette, semblable à des centaines d'autres dans ces anciens corons des mines, était bien modeste, Thérèse, en vraie femme du Nord, l'entretenait et la soignait avec acharnement, en traquant dans le moindre recoin toiles d'araignées, saleté, poussière et traces de pas qu'elle attaquait quotidiennement à grand renfort de « racleau »! En été, Gustave mettait des géraniums aux fenêtres et son petit jardin, avec ses carottes, poireaux, laitues et tomates, lui donnait toute satisfaction.

L'autorail s'arrêta en crissant dans la gare balayée de courants d'air.

La neige fine tombait, se transformant en « cassonade » noirâtre sur le trottoir.

Gustave avait arrêté sa vieille Ford sur la place et attendait, emmitouflé dans son anorak bien épais, sa fidèle casquette sur le crâne.

Il se frappait les bras et marchait de long en large pour réchauffer sa grosse carcasse. Il aimait se décrire ainsi!

Grand, fort, il avait le visage jovial et les pommettes, rouges habituellement, étaient devenues cramoisies sous la piqûre du froid.

Pierre et Stanislas descendirent du train, un petit sac à la main.

– Papa! fit Pierre, avançant en souriant vers son père.

– Fiston!

Gustave serra son fils dans ses bras.

– Bien content de te voir! Ah, c'est ton ami, dit-il en lui tapant sur les épaules et en apercevant Stanislas. Bonsoir, jeune homme.

– Bonsoir, monsieur, dit Stanislas en serrant la poigne ferme de Gustave. Je suis très touché que vous me receviez chez vous pendant ces fêtes et je vous remercie.

– De rien, de rien... Ce sera à la bonne franquette ! Et puis on ne peut pas rester tout seul à Noël, cela ne se fait pas ! Pas vrai fiston ? Allez, vite, en voiture, il fait un froid de canard et maman nous attend.

Il appelait toujours sa femme « maman », en présence ou non de Pierre. Une habitude qu'il avait prise quand son fils était tout petit.

La petite maison était décorée de guirlandes clignotantes, du sapin enrubanné. Sur le buffet du séjour, avoisinaient la Vierge de Lourdes « à la neige », des photos des grands-parents, du mariage de Gustave et Thérèse, de Pierre à tous les âges, et des fleurs en plastique.

La table était recouverte de l'éternelle toile cirée, mais ce soir, bougies et feuilles de sapin la décoraient.

Les gros fauteuils à ramages marron et vert étaient tournés vers l'invitée permanente : la télévision à l'énorme écran, qui fonctionnait sans arrêt.

Une bonne odeur s'échappait de la cuisine.

– Bonsoir, ma petite maman, dit Pierre affectueusement, en embrassant sa mère. Hum ! tu as fait de la tarte au citron, mon régal ! Je te présente Stanislas. C'est vraiment gentil de l'accueillir.

Stanislas s'inclina devant Mme Valembois très émue. Il est vrai que Pierre lui avait dit qu'il était un grand artiste comme ceux que l'on voit à la télé, et elle en était très impressionnée !

– Installez-vous, dit-elle en retirant son tablier et en leur montrant les fauteuils. Allez papa, sers un coup à boire, il faut les réchauffer et les remonter, ces petits jeunes. Ils sont tout pâlots et maigrichons !

Peu à peu, Stanislas se détendit dans cette atmosphère si chaleureuse et familiale. Il avait offert un disque de chants russes aux parents de Pierre, qui en avaient été tout émus. Tout compte fait, se disait Mme Valembois il semble très bien ce Russe. Pauvre petit, tout seul à l'étranger, c'est triste.

Son désir de lui faire plaisir augmentait proportionnellement à la baisse de toute crainte à son égard.

– Alors Pierre, raconte. Ces études cela se passe comment ? Tes malades, ils sont gentils avec toi ? Et les grands patrons, ils sont bien ?

Pierre raconta sa vie à l'hôpital, ses stages, ses démêlés avec de vieilles majors revêches, les bêtises de jeunes stagiaires, les malheurs des uns, les bonheurs des autres... un peu de tout.

Il ne pouvait réellement expliquer ce qu'il vivait. C'était un monde tellement différent de celui dans lequel vivaient ses parents. Pouvait-il leur faire partager les découvertes médicales, techniques et humaines qu'il faisait tous les jours ? Les réflexions éthiques qui se posaient devant tel ou tel cas ? L'enchaînement du travail auprès des malades, dans une recherche parfois bien tâtonnante de la maladie, de son traitement ? Et l'enseignement donné par les internes, les chefs de clinique, les patrons... et puis son travail en clinique, si fatigant mais qui lui donnait une expérience irremplaçable ?

– Tu es presque docteur maintenant ? demanda fièrement Gustave.

– Oh, non, s'exclama Pierre, après cinq ans d'étude, on ne sait rien ou presque ! C'est tellement compliqué, le corps humain, et on n'a pas intérêt à se tromper ! Et puis la médecine fait des recherches et des trouvailles tous les jours. C'est passionnant !

– Oui, mais, dit Gustave, c'est comme le sida, dont on parle tout le temps à la télévision. Ils n'ont pas encore trouvé et m'est avis qu'on aura encore beaucoup de morts avant que les chercheurs aient fait un médicament ou un vaccin efficace.

– C'est-y pas malheureux, tout ça, renchérit Thérèse, enfin tous ces gens qui l'ont, ils n'avaient qu'à pas se droguer ou coucher avec n'importe qui... C'est vrai quoi ! Ça n'arriverait pas à des gens comme nous !...

Pierre était horriblement gêné. Il regardait Stanislas qui écoutait sans rien dire.

– On ne doit jamais juger, maman. Tu sais bien qu'il y a des gens qui ont attrapé le sida par des transfusions, par exemple. Ce n'est pas de leur faute, et puis les recherches progressent tous les jours.

– Bon, on va pas se tracasser avec ça ce soir. Ce n'est pas gai et ce n'est pas notre problème, pas vrai Stanislas ? dit Gustave. Vous permettez que je vous appelle Stanislas puisque vous êtes un ami de Pierre ?

– Oui, monsieur, vous avez raison, ce n'est pas votre problème, répondit Stanislas doucement.

Pierre souffrait profondément. Il ne pouvait rien dire et en voulait à ses parents de cette énorme gaffe. Mais comment auraient-ils pu s'en douter? Ce sida il voulait l'oublier pendant ces trois jours de fête et il faisait tout pour que Stanislas se détende, et patatras ! En plein dans le mille ! Il voulut changer de sujet.

– Tu sais papa, que Stanislas vient de faire un concert extraordinaire, c'est un pianiste génial !

– Oh, oui, racontez-nous, dit Thérèse, les yeux brillants de curiosité. Comment devient-on musicien? Est-ce que vous allez passer à la télévision?

C'était pour elle le summum de la gloire !

Stanislas sourit

– La télévision ce n'est pas pour tout de suite !

– Eh ! oui, dit Pierre, il faut le temps que les français se rendent compte de la valeur des invités étrangers qu'ils ont sur leur sol ! Allez, Stanislas raconte un peu ce que tu as fait comme études.

– C'est simple, dit Stanislas de bonne grâce, j'aimais beaucoup la musique quand j'étais petit. Mon grand frère prenait des cours avec un grand professeur de piano. J'avais trois ans à peu près et, un jour, je me suis amusé à jouer un petit air que j'avais entendu... et tout a démarré comme cela. Un professeur m'a pris en charge en disant que j'étais doué. J'ai beaucoup travaillé... et j'ai fait mon premier concert à cinq ans !

« Mes études ont continué normalement. J'ai eu le premier prix du conservatoire Tchaïkowsky de Moscou. C'était magnifique! J'ai donné des concerts un peu partout en URSS, on a même fait un film sur moi! A dix-huit ans, c'est amusant.

« Mais là-bas, dans mon pays, quand on est diplômé du conservatoire de Moscou, on doit partir exercer dans son pays d'origine. J'ai donc dû repartir en Ukraine... Et là plus rien n'a été... »

Stanislas se tut un instant, il ne pensait pas à boire l'apéritif que lui avait versé Gustave. Tant de souvenirs heureux ou douloureux lui revenaient en mémoire.

Il reprit :

– Ma famille est morte dans un accident de voiture : mon père, ma mère, mon frère et sa jeune femme. Il y a beaucoup d'accidents là-bas. Les gens boivent trop d'alcool fort, de la vodka ou des alcools trafiqués qui sont très dangereux. Ils sont ivres, et ne savent pas conduire.

« Et puis, c'est ma femme qui est morte avec ma petite fille en accouchant.

« Je me suis retrouvé seul, complètement seul, à jouer dans des usines lugubres, sur des pianos infects... parfois dans des réceptions officielles magnifiques... Mais je n'en pouvais plus. Il fallait tout quitter et recommencer ailleurs.

J'ai pris un visa touristique. Cela a été très, très long, et je suis arrivé en France et n'en suis plus reparti! La situation politique a bien changé maintenant là-bas et heureusement je peux rester ici sans problème !

Mme Valembois avait le cœur serré et les larmes lui montaient aux yeux. Elle aurait voulu serrer ce grand garçon sur sa poitrine et lui offrir tout son amour.

Stanislas ne regardait personne, inconscient du temps qui s'écoulait. Il avait ouvert la soupape des souvenirs et cela lui faisait tant de bien !

– Le problème, en France, reprit-il, c'est d'apprendre à être libre. C'est-à-dire que l'on peut avoir tous les droits, mais on a d'abord tous les devoirs. Il faut faire ceci, il faut faire cela, faire telle démarche, la queue par-ci, la queue par-là. Etre incompris, rejeté... Ici, je ne suis plus un concertiste, je suis un étranger, un de plus. On ne sait rien de moi, personne ne s'intéresse à moi... Je ne sers à rien.

– Eh ! bien, eh ! bien, fiston, dit Gustave avec force, t'as pas le moral ce soir ! Allez, faut oublier tout ça. Nous, on est là, tu es de la famille, maintenant, et quand on est tout ce que tu es, avec ton talent... bon Dieu, il faut pas désespérer !... Tu as de quoi faire des envieux ! Allez, on boit un coup... Pierre, ouvre la bouteille de champagne ! Maman, donne des petits quelque chose à croquer !

Thérèse apporta de minuscules flamiches faites maison.

Gustave ouvrit la bouteille. Ils trinquèrent

– A la bonne vôtre !

Gustave claqua la langue sur le palais.

– Hum ! c'est bon ! Alors les fistons, quel est votre programme, à part dormir et manger ?

– Qu'est-ce que tu nous proposes ? dit Pierre, après avoir bu une gorgée de champagne. Tel que je te connais tu as des idées derrière la tête.

– Oh, non, rien de spécial, sauf demain soir. C'est Noël, et maman et moi on aimerait bien aller à la messe de minuit... C'est pas trop dans nos habitudes, la religion et tout ça, continua-t-il comme pour s'excuser, mais Noël c'est quand même spécial ! Enfin je ne veux rien imposer. Nous, on aimerait y aller, mais si vous ne voulez pas, ce n'est pas grave.

– Qu'est-ce que tu en penses, Stanislas, dit Pierre en se tournant vers lui. Au fait je ne sais même pas quelle est ta religion !

– Oh ! Je n'ai pas beaucoup de religion. Je suis baptisé orthodoxe, mais comme beaucoup de personnes chez moi. Le baptême est une chose que l'on fait encore assez facilement, c'est une sorte de coutume, peut-être un peu de superstition. Mais il n'y a aucune éducation religieuse. De toute façon, je ne sais pas si cela sert à quelque chose. Mais je veux bien aller avec vous, peut-être par curiosité. Je verrai comment une famille française vit la fête de Noël.

– Alors c'est d'accord, reprit Pierre en souriant, on vous accompagne. Je vais renouer avec les coutumes de mon enfance !

Il neigeait. Les gros flocons recouvraient progressivement la petite ville, cachant sous un manteau blanc la grisaille des constructions. Des lampadaires le long des rues laissaient échapper une lumière blafarde.

Pierre aimait ce silence qui envahissait une ville dont les bruits étaient amortis par la couche de neige. Il appréciait ce temps à l'unisson de ses souvenirs. Que peut être un Noël sans neige!

La chapelle de l'abbaye était comble. La foule s'entassait dans les moindres recoins.

De nombreux jeunes moines, la robe de bure recouverte d'un scapulaire, ornée d'une croix rouge sur le cœur, étaient installés autour de l'autel central.

– Comment as-tu découvert cette abbaye? dit Pierre en chuchotant à l'oreille de Gustave.

– Je t'expliquerai. C'est une communauté de moines qui s'occupent de jeunes défavorisés : des délinquants, des drogués...Et puis des malades et des tas de gens... Je les ai aidés un peu pour construire leur abbaye et transporter les matériaux. Tu sais, je suis costaud! renchérit-il dans une murmure et en terminant par un clin d'œil.

Bientôt, la cérémonie commença. Un frère, grand, avec de très longs bras, animait des chants. Dans l'assistance, jeunes ou vieux s'égosillaient avec conviction. On entendait parfois le piaillement de jeunes enfants qui s'endormaient bientôt sur une épaule paternelle.

Pierre n'arrivait pas à prier. Avait-il jamais su d'ailleurs? Ses années de catéchisme étaient bien loin. Il n'avait jamais « accroché », mais c'était une coutume de faire sa première communion et puis la

« grande », la « solennelle ». C'était une sorte de convention qu'il fallait accomplir, sinon, qu'auraient dit les voisins ? Après, on se considérait un peu comme acquitté d'un devoir... et la pratique religieuse tombait.

Pour lui, la vie de l'Eglise était du passé. Il n'y avait plus que les vieux ou les bigotes qui s'y intéressaient. Pour une grande fête comme Noël, c'était une coutume intéressante, voilà tout.

Il était quand même étonné de voir tant de jeunes dans la foule, cette nuit... Sans doute des gens comme moi qui viennent pour faire plaisir aux parents, se dit-il. Mais ces jeunes moines-là, c'était autre chose. Grands pour la plupart, costauds, le visage décidé... et ce soir concentré sur la prière. Qui étaient-ils donc pour sacrifier ainsi leur vie ? C'était tellement étrange et hors du temps !

La cérémonie se déroulait au rythme des chants, des lectures. On s'asseyait, on se levait. Des enfants de chœur accomplissaient un cérémonial bien réglé, dans l'odeur de l'encens.

Pierre regarda ses parents. Comme c'était curieux qu'ils aient été attirés ici, cela leur ressemblait si peu ! Qu'est-ce qu'il y a derrière tout cela ?

Stanislas, docilement, laissait passer sur lui cette atmosphère calme et bienfaisante. Il se sentait en paix. Il ne cherchait rien... plus rien... Il avait envie ce soir de se laisser faire. Il ressentait dans la beauté des chants liturgiques une force, une sérénité dont il avait tant besoin.

Le père abbé se mit à parler. Stanislas écoutait à peine ce qu'il disait de cette nuit de Noël, une nuit où chacun voulait parler d'espérance. Lui, n'avait que la désespérance et la mort au fond du cœur. Ce Dieu qui s'était fait petit parmi les petits, humble et pauvre parmi les plus pauvres, pour sauver l'humanité comme l'enseignait l'Eglise, ce Dieu d'amour existait-il vraiment ? Comment pouvait-il, lui, si puissant, permettre tant de malheurs et de souffrances sur la terre et permettre que ce mal si insidieux, si terrible que le sida, existe ?

Ce Dieu-là, en cette nuit de Noël, avait peut-être pris sur lui tous les malheurs du monde, mais qu'en avait-il donc fait ? Y avait-il eu un changement réel après sa venue ?

Stanislas et Pierre s'unissaient inconsciemment par la pensée. Ce sida, c'était comme un brouillard glacé qui pénétrait partout insidieusement, gâchant tous les instants de la vie. Ils avaient tant voulu, au moins ce soir, recevoir le cadeau de l'oubli... Mais non, impossible. Pierre souffrait de son impuissance, de son incompétence... Stanislas souffrait de l'angoisse de l'avenir...

Une phrase du père abbé jaillit :

– La souffrance peut être très forte, cependant ce n'est pas à mes propres forces que je me confie, mais à celles que Dieu accorde à ceux qui espèrent en lui.

16

Les vacances de Noël avaient séparé Carole et Magali.

Carole était partie huit jours chez son père qui habitait Paris. Cette relation par à-coups avec lui était étrange. La journée, elle parcourait les rues de la capitale, seule, découvrant boutiques, monuments anciens, musées. Le soir, ils sortaient : spectacle, dîner, théâtre, cinéma et concerts.

Elle aimait le retrouver, mais elle sentait bien ce que tous ces instants communs avaient de superficiel.

Elle aurait voulu vivre avec lui, normalement, partager le petit déjeuner, tranquillement, pendant qu'il regardait son journal, picorer devant la télévision avec lui le soir, lui demander des conseils pour son travail de classe, lui parler de tout et de rien, des bricoles de la vie de tous les jours.

Mais elle était devenue une invitée... une invitée de choix, certes. Elle était aimée, choyée... trop gâtée même. Il était attentif à ses moindres désirs, voulant inconsciemment ou non se faire pardonner son absence permanente et l'échec de la vie familiale.

– Dis-moi tout, ma chérie, raconte-moi ce que tu fais, tes études, tes copines...

Carole racontait, par petits bouts, ce qu'elle pouvait. Au fond de son cœur, un tiroir était fermé. Elle ne parla pas de Stanislas. Si elle savait paraître gaie et enjouée avec son père, le soir, seule dans sa chambre, tout lui était futilité et sans intérêt.

Magali, elle, avait été engloutie dans l'ouragan familial avec cousins, oncles et tantes venus de toutes parts... sans oublier le grand-père ! Elle s'était soûlée de rires et d'activités. Le réveillon à quarante personnes, suivi de la grande promenade sur les plages belges, le lendemain, pour « faire digérer » tout ça, restant dans les meilleurs souvenirs !

Elle ne voulait pas penser à la rentrée avec son lot de travail... et les soucis qu'elle retrouverait avec Carole et Stanislas ! C'était trop lourd à porter. A son âge, elle avait tant besoin de rire et d'insouciance ! Heureusement, se disait-elle, il y avait Pierre qui partageait avec elle la même chose, et qu'elle trouvait vraiment très sympathique... et Bon-Papa avec qui elle pouvait laisser échapper le trop-plein d'angoisses.

17

Pierre et Stanislas se croisaient et se voyaient très peu. Pierre partait à 7h30 le matin pour l'hôpital. Il rentrait après ses cours... souvent vers 17 heures ou 18 heures, quand Stanislas ressortait pour donner des leçons de piano qu'il avait dénichées par petites annonces. Puis il allait plusieurs fois par semaine jouer dans les bars ou restaurants et ne rentrait que très tard dans la nuit.

C'est un dimanche matin que Pierre le remarqua.

Le printemps n'avait pas encore pointé son nez, mais il faisait moins froid et les jours petit à petit s'allongeaient.

Ils déjeunaient ensemble. La bonne odeur du café aidait Stanislas à émerger. Il s'était encore couché à une heure du matin... et il avait de plus en plus de difficulté pour se lever. Il se sentait terriblement fatigué, il manquait d'appétit, et se disait qu'il ne faudrait pas qu'il continue ce rythme de travail trop longtemps ! Surtout que cela l'intéressait de moins en moins. Il multipliait pourtant les démarches auprès des mairies, des festivals de la région, mais il fallait du temps, beaucoup de temps pour enfoncer les portes, trouver la personne compétente qui veuille bien l'écouter et agir.

Ces démarches « commerciales » pour se « vendre » l'épuisaient nerveusement et physiquement. Il avait quand même réussi à trouver un concert au printemps, dans un village... au profit de la restauration d'un monument historique. Il serait payé en fonction du nombre d'entrées. En fait, peu lui importait maintenant l'argent, il voulait surtout renouer avec sa vraie vie, celle de concertiste.

– Qu'est-ce que tu as au cou ? dit Pierre.

Stanislas porta la main à son encolure.

– Oh, ça ? Je ne sais pas, une boule... Cela fait quelque temps que je l'ai, et cela ne passe pas. Ce n'est pas douloureux ... Tu crois que c'est grave ?

Pierre ne répondit pas directement à la question.

– Est-ce que tu es retourné consulter à Tourcoing ?

– Non, je ne voyais pas pourquoi. Je ne me sens pas malade.

– Il vaudrait mieux y aller. Est-ce que tu sens d'autres « boules », ailleurs ? A l'aine par exemple, ou sous les bras ?

– Je ne sais pas, répondit Stanislas interrogatif, je n'ai pas fait attention.

Il se tut et regarda Pierre. La même angoisse les envahit, les mêmes questions les assaillirent.

Stanislas reprit

– C'est le sida, n'est-ce pas ?... Le mal commence à apparaître ?...

Il regardait fixement Pierre.

– Maintenant, il est temps, Pierre, que tu m'expliques tout, franchement... tout ce qui se passe en moi et va se passer. Jusqu'à présent nous n'en avons pas parlé ou si peu, je crois que nous voulions en retarder l'échéance. Moi parce que je voulais rejeter la réalité et toi, sans doute pour ne pas m'affoler... Mais aujourd'hui, j'ai besoin de savoir, j'en ai le droit. A l'hôpital ils sont gentils, mais ils ne disent pas tout. Ils ont peur de nous effrayer et ils ont sans doute raison, surtout quand ils ne nous connaissent pas. Pierre, je t'en supplie, au nom de notre amitié, parle-moi !

Stanislas le regardait d'un air suppliant.

Pierre était très embarrassé. Il s'était beaucoup renseigné sur le sida depuis qu'il connaissait la maladie de Stanislas. Et tout ce qu'il avait appris ne pouvait le laisser optimiste en quoi que ce soit. Il parlerait oui, mais tout dire... Non ! Cela lui semblait impossible et humainement insupportable... Et qui sait, chaque corps, chaque être réagit de façon tellement différente !

– D'accord, dit-il, je vais essayer de t'expliquer du mieux que je le peux... Mais il y a quand même une chose que j'aimerais savoir et comprendre... Ce n'est pas de la curiosité malsaine, mais c'est plus facile, pour la suite... Si bien sûr ce n'est pas trop indiscret... Comment as-tu pu attraper ce virus ? Parce que tu le sais bien, continua-t-il pour l'aider, qu'il n'y a pas trente-six manières. Le virus du sida est en même temps extrêmement transmissible et terriblement fragile. Il est détruit par exemple par la chaleur. Pas une grande, non, simplement à 70°, ces virus meurent ! L'eau de javel toute simple est aussi efficace. Par contre, ce satané virus se complaît dans les sécrétions sexuelles et le sang. C'est pour cela qu'il y a eu beaucoup de contamination par transfusion quand le sang n'était pas chauffé... et que les drogués, les homosexuels, les gens qui ont des relations multiples, prennent tous les risques. Et des études récentes montrent que l'on trouve aussi ce virus dans la salive...

– Bon, je t'arrête, dit Stanislas fermement. C'est vrai que tu peux penser de moi tant de choses qu'il faut que je te dise ce qui s'est passé, du moins ce que je crois être la cause de ma maladie. Je n'ai jamais eu de relations sexuelles multiples ou anormales. La seule femme que j'ai aimée était ma femme... avant Carole. Nous nous sommes mariés jeunes et innocents ! Tu sais, j'ai beaucoup réfléchi parce que je ne comprenais pas pourquoi j'avais attrapé ce virus. Il fallait que j'en trouve la cause... le coupable en quelque sorte... Et je me suis rappelé quelque chose... je crois... oui, cela ne peut être que ça...

Stanislas se resservit une tasse de café, il en but un peu et continua.

– C'était un soir, je faisais mon service militaire. La vie dans mon pays n'est déjà pas très gaie, mais là ! C'est, comment te dire, c'est presque le goulag ! Les baraquements étaient glacés. Nous avions été en manœuvre toute la journée. On ne sentait plus ni les pieds, ni les mains. Je me souviens de mes doigts : ils étaient rouges, complètement ankylosés. J'avais des crevasses, des plaies qui ne guérissaient pas. Je ne savaient même plus les bouger, j'avais le moral à zéro. Tu sais, pour un pianiste, ses doigts, c'est vraiment important... et cela faisait très mal.

« Dans la chambrée, il y avait des types qui manipulaient drogue et seringues. Ils paraissaient soudain heureux, détachés de tout. Même là, ils souriaient ! Ils m'en ont proposé... Je n'ai pas su refuser et ils m'ont appris à me piquer.

« Après, je me suis senti extraordinairement bien. J'ai ressenti une très forte sensation de plaisir, dans tout le corps, dans la tête. C'était bon, très bon... Je me sentais flotter dans une atmosphère colorée, extrêmement douce. Je n'avais plus mal nulle part. Je me suis couché heureux et détendu comme je ne l'avais jamais été... et j'ai si bien dormi !

« Le lendemain, je me sentais beaucoup moins bien ! Peut-être par comparaison avec cet état second dans lequel je m'étais retrouvé. On m'a de nouveau proposé de la drogue. J'ai recommencé deux ou trois fois. Et puis je me suis rendu compte, en regardant mes mains, que même si je les sentais beaucoup moins, elles prenaient un aspect terrifiant ! Je n'arrivais plus à faire travailler mes doigts en dehors de périodes où je me coulais dans la béatitude de la drogue. Tu comprends, l'anesthésie était telle que je ne faisais plus rien pour faire travailler mon corps... J'ai commencé à avoir peur et à me rendre compte de l'engrenage dans lequel j'entrais.

« Je suis alors tombé en plein enfer. Le froid, la douleur, la privation de drogue... Je crois que j'ai failli devenir fou !

« Puis on m'a fait comprendre qu'il fallait que je paie pour ce que l'on m'avait offert. C'était très cher, mais j'ai réussi à m'acquitter de ma dette... Il le fallait, on me tenait !

« J'ai réussi à arrêter... je ne sais comment !

« J'ai tout fait pour oublier cela, Pierre ! Tout fait pour oublier...mais mon corps a été marqué... à tout jamais. »

Stanislas se tut en poussant un gros soupir.

Pierre respecta son silence un moment. Plus que jamais, il se rendait compte à quel point chacun peut être ignorant de la vie des autres, même quand, physiquement, ils sont proches.

– Merci pour ta confiance, dit-il enfin. C'est tellement difficile tout cela !

« Je vais essayer de te faire un petit cours pour que tu comprennes... tu m'arrêtes si tu ne piges pas.

Pierre poussa les miettes de pain de la table, prit un papier et un crayon. Il avait toujours besoin d'appuyer une explication par des schémas... Même si ce n'étaient que gribouillages !

– Un virus, c'est un petit organisme constitué sommairement d'un acide nucléique (c'est un matériel génétique), il est protégé par une enveloppe et il détourne à son profit une cellule pour se développer.

« Les virus ont des attraits différents pour certains organes. Comme tu peux être attiré par les blondes et moi les brunes, dit-il en souriant. Sérieusement, par exemple, le virus de la grippe va vers les voies respiratoires supérieures, celui de la poliomyélite vers la moelle épinière. Le virus du sida, lui, détruit le système immunitaire. C'est-à-dire tout ce qui, dans l'organisme, te protège des agressions extérieures. Le milieu dans lequel nous vivons est rempli de microbes plus ou moins dangereux. A cause du sida, le système immunitaire est défaillant et l'organisme n'a plus de protection.

« Je m'explique. Quand un germe arrive dans le corps, il y a des guetteurs, on les appelle les lymphocytes T4, qui donnent l'alerte et recrutent les anticorps pour la lutte. C'est l'apparition de ces anticorps spécifiques à chaque microbe que l'on décèle dans les tests. C'est pour cela que l'on dit que l'on est « séropositif ». Tu me suis jusqu'à présent ? »

- Intéressant, continue.

- Le sida c'est donc le résultat de la destruction progressive du système immunitaire par un virus. Sida veut dire Syndrome d'immunodéficience acquise. Acquise parce que ce n'est pas une maladie héréditaire mais une maladie due à un virus rencontré par une personne au cours de sa vie.

– Jusque-là, c'est bon, j'ai compris et je sais donc que cela s'attrape par le sang et les sécrétions sexuelles, mais après, qu'est-ce qui se passe ?

– Attends, tu veux encore du café ? Je continue... Le problème du sida, c'est que l'on a peu de recul pour l'étude de la maladie au-delà de dix ans à peu près. Si certains séropositifs tombent malades assez vite, d'autres ne semblent pas vouloir déclarer la maladie. Pourquoi, jusqu'à quand ?... On ne sait pas. Quel est le temps maximum d'incubation ?... Sans doute y a-t-il des facteurs favorisants, comme des infections récidivantes, par exemple, parce qu'elles stimulent souvent le système immunitaire, donc cela accentue la multiplication des lymphocytes T4 et donc du virus qui est caché à l'intérieur de ceux-ci.

« C'est alors qu'apparaissent des manifestations cliniques persistantes, mais très variables d'une personne à l'autre. Tu peux avoir une augmentation des ganglions, une perte de poids importante, de la fièvre, de l'herpès (ce sont de grosses cloques douloureuse sur la peau), ou de la diarrhée. Tu vois, c'est très variable, et tous ces symptômes peuvent appartenir à une tout autre maladie. Mais ce qui frappe, c'est leur persistance anormale et inexpliquée.

« Tout cela a une signification peu grave... si l'on veut. Après, et là encore c'est très différent d'une personne à l'autre, il peut y avoir des infections plus graves comme des toux prolongées (il y a une recrudescence de tuberculose à cause du sida), des infections de l'œsophage qui empêchent le malade de se nourrir, des troubles de la vue, de la paralysie. Il pcut y avoir aussi l'apparition de certains cancers... ou des troubles neurologiques.

« Mais, tout cela ne se manifeste évidemment pas chez la même personne en même temps. Il y a des périodes de rémission parfois très longues et importantes car il existe un arsenal thérapeutique qui permet de bien soigner les infections surtout. Mais heureusement, l'incertitude de tous les jours est parfois compensée par des découvertes qui laissent un espoir. »

Stanislas regarda Pierre droit dans les yeux

– Franchement, Pierre, quelles sont les chances de s'en sortir ? Est-ce que l'on peut guérir ?

Pierre haussa les épaules en soupirant.

– Guérir, qu'est-ce que guérir ? Il y a des rémissions qui peuvent être longues, très longues et permettre une vie normale. Est-ce que le simple fait d'exister ne fait pas de nous des morts en sursis ? Tout peut arriver sans que l'on s'y attende, depuis l'accident de la route jusqu'à l'infarctus !

– Tu sais bien, dit Stanislas, que tout cela, on ne l'ignore pas, mais on ne veut pas le voir, ni y penser. Regarde, si tu es sur une route, tu passes près d'une voiture en miettes. Tu pourrais, toi aussi, un jour être écrasé. Mais tu ne le sens pas dans ton corps, donc dans ta tête ! Tu ne m'as pas répondu, Pierre, les chances de guérison, quelles sont-elles ?

– Pour l'instant, dit Pierre en hésitant, pour l'instant... aucune.

– C'est la mort dans 100 % des cas, c'est cela ? Je veux savoir. L'incertitude est encore pire que tout parce que l'on ne peut pas réagir.

– Je crois que oui, pour l'instant, c'est 100 %, mais quand ?

Pierre n'osait prononcer le mot de mort.

– Oui, c'est cela, dit tristement Stanislas, attraper le sida, c'est être condamné à mort à plus ou moins brève échéance. Etre condamné à mort!... Pourquoi?... Pourquoi ?

Pierre n'osait plus le regarder. Il se sentait soudain coupable de lui avoir ainsi dit tant de choses. Mais en même temps, comment se soigner, accepter les traitements désagréables si l'on n'a pas une idée exacte de la maladie dont on souffre ?

C'était toujours la grande question que se posait Pierre. Pour l'instant, il observait et suivait les directives des internes et Patrons, ne pouvant jamais intervenir dans les discussions avec les malades.

Pourtant, très souvent, il était mal à l'aise. Bien sûr, il est quelquefois très difficile et délicat d'expliquer les méandres d'une maladie et il ne sert à rien d'affoler les gens avec des précisions dont on n'est pas certain soi-même. L'affolement et l'imagination qui galope proportionnellement à l'incompréhension sont tout à fait nuisibles. Cependant, parfois, une explication simple d'un examen, routinier pour le personnel mais non pour le malade, la définition de termes compliqués qui ne recèlent rien d'alarmant permettraient une collaboration intelligente et l'efficacité accrue des soins et des traitements. Malheureusement, trop souvent le « cas » supplantait la personne ! Explique-t-on quelque chose à un « cas » !

Il avait quand même peur, soudain, pour Stanislas. C'était la première fois qu'il affrontait directement la maladie et le malade. Si Stanislas réagissait mal ? Il pouvait se laisser complètement aller... Pourquoi lutter puisque c'était fichu ? N'avait-il pas agi inconsidérément et trop hâtivement ? De quoi s'était-il mêlé, lui, le petit étudiant en médecine bien incompétent ?

Pierre était torturé.

Stanislas, lui, ne disait plus rien. Il s'était levé, regardait par la fenêtre la ville qui s'étalait sous ses yeux.

La mort... la mort... Il l'avait déjà vue dans les yeux de ceux qu'il aimait... toute sa famille. Lui seul en avait réchappé pour l'instant... C'était sa destinée. Pourquoi serait-il différent de ceux de sa race, de son terroir ? Lui aussi ne pourrait survivre... Il avait sans doute déjà trop vécu et la lueur de bonheur qu'il avait cru apercevoir n'était pas pour lui... C'était comme cela ! Mais c'était injuste et si stupide !

Pierre rompit le silence

– Ce qui est important, Stanislas, c'est de bien gérer tous les petits signes que tu risques de ressentir au jour le jour. C'est la façon la plus efficace de maintenir ton corps en meilleur état possible... et c'est pour cela que je t'ai dit tout cela. Ce n'est pas pour se morfondre à chaque apparition de signes de plus en plus évidents de la maladie, c'est pour mieux combattre. C'est un peu comme une guerre : si tu laisses l'ennemi s'infiltrer partout, tu es vaincu d'avance. Si tu repousses chaque attaque, chaque petit espion, tu peux gagner la bataille.

« Tu peux gagner Stanislas... Si tu luttes tous les jours... Je t'aiderai. »

Pierre se mit à parler plus fort. Il s'enflammait :

– La maladie est là, mais on la fera reculer, on la fera fuir, loin, très loin dans le temps et tu verras, tu deviendras un vieillard sénile et plein de rhumatismes avant qu'elle ne te fauche !

Stanislas sourit... Il voulait laisser Pierre à son jeune enthousiasme. S'il faisait médecine c'était bien pour lutter contre la maladie, pour aider les malades. S'il n'avait pas d'enthousiasme, ni de foi dans la lutte, qui en aurait ?

– Bon, alors ce qu'il faut maintenant, reprit Pierre, déterminé, c'est établir une marche à suivre, une règle de vie. D'abord, il faut que tu consultes fréquemment, il ne faut absolument pas laisser le moindre microbe s'approcher de toi et t'envahir sans réagir... Il y a plein d'antibiotiques et de médicaments divers efficaces, comme l'AZT.

« Et puis tu ne dois pas trop te fatiguer. Là, je sais que ce n'est pas évident en travaillant tous les soirs, mais l'essentiel est de bien dormir le matin. Bien manger : des fruits, des vitamines... Il te faut des vitamines !

– Oui, « docteur », dit en souriant Stanislas. La ferveur déployée par Pierre l'amusait et le touchait. Il était très sensible au déploiement de cette énergie, de cette amitié réelle.

– Mais, dit soudain Stanislas, il n'y a pas de risque pour toi ? Avec notre vaisselle en commun, la salle de bain, les WC ? Et tout le reste... Je ne sais pas ... Je ne suis pas contagieux pour toi ?

– Non, non, pas de risque. La seule chose c'est de ne pas partager le même rasoir, parce qu'il y a un risque si l'on se coupe l'un après l'autre, mais comme j'ai un rasoir électrique et toi, un mécanique... pas de problème de ce côté-là ! Ce n'est pas le virus de la grippe, tu sais. On peut et il faut vivre normalement ensemble. Sinon, il y a de quoi devenir tous fous... de penser toujours à cette cochonnerie.

– Oh, oui, interrompit Stanislas. Et aujourd'hui, c'est le maximum... c'est dur à encaisser, mais je te remercie, j'avais vraiment besoin de savoir et je lutterai... Je ne peux pas mourir comme cela, pas maintenant... Si je suis arrivé en France, ce n'est pas pour mettre mon corps dans sa terre. C'est pour vivre... Vivre, pas mourir.

Après le désespoir et un sentiment de lourde fatalité, il retrouvait au fond de lui, sous la pulsion de Pierre, un peu, un tout petit peu d'espoir.

18

Et la vie continua, comme toute vie continue quelles que soient les embûches et les chutes.

Pierre surveillait Stanislas du coin de l'œil, mais ne disait rien. Il se forçait à ne plus poser de questions. Il devait respecter son silence, son intimité avec la maladie... pour qu'il puisse peut-être l'oublier parfois. En même temps, il voulait être l'oreille attentive dans laquelle pouvait se déverser un cœur trop plein d'angoisse.

Il n'avait pas osé lui parler de Carole. Pour elle, il était de toute façon encore trop tôt pour savoir quoi que ce soit... et il fallait que la vie coule le plus tranquillement possible.

Le printemps revenait. Pierre put enfin reprendre ses entraînements de parachutisme. Il en avait plus que besoin. Il voulait se laver de toutes les angoisses et souffrances qu'il voyait quotidiennement. Oublier tout, ne penser qu'à lui et jouir de ce qu'il faisait.

Ce dimanche-là, il avait fait signe à Magali, Carole et Stanislas.

– Je vais faire mon premier saut sans ouverture automatique. Cela me ferait plaisir que vous veniez... Après nous pique-niquerons quelque part.

Tout le monde était d'accord. On partit tôt ce matin-là. Il faisait doux. La nature s'ouvrait au soleil. Les crocus, les perce-neige, quelques tulipes crevaient la couleur uniforme des pelouses et plates-bandes d'éclats rouges, blancs ou jaunes.

Chacun revivait.

Pierre avait besoin de leur amitié pour se donner un peu de courage... et aussi de leur estime. Ce saut lui faisait aussi peur que le premier car il n'aurait plus aucune assurance. C'était lui qui devait commander l'ouverture du parachute! Il fanfaronnait auprès de ses amis, surtout auprès de Magali qu'il trouvait de plus en plus sympathique... et mignonne!

Le trio regardait avec curiosité les préparatifs des paras. C'était un monde qu'il découvrait.

Magali se faisait tout expliquer, ce qui ravissait Pierre et l'empêchait de trop penser!

Stanislas et Carole, se tenant par la main, suivaient en souriant, bien plus attentifs au bonheur d'être ensemble qu'au parachutisme!

Quand Magali vit l'avion s'envoler, ne devenir qu'un point, elle eut soudain peur. L'angoisse l'étreignit.

Près d'elle, un instructeur regardait le ciel à la jumelle. Là haut, ils étaient quatre dans ce petit avion. Quatre, dont Pierre, qui allaient s'en échapper!

Le bruit de l'avion s'entendait dans le lointain. Soudain il s'arrêta.

Le cou tendu pour mieux voir, la main devant les yeux pour se protéger du soleil, chacun scrutait le ciel... Une coupole... deux... trois... trois... mais où est la quatrième?

L'instructeur baissait doucement sa jumelle :

– Qu'est-ce qu'il fout... bon sang, qu'est-ce qu'il fout... Tire, petit... Tire la poignée... Mais tire, bon sang !

Les dixièmes de seconde paraissaient des heures !

– Ça y est, il s'ouvre... ouf !

Enfin la quatrième coupole apparut dans le ciel, très bas sur l'horizon... et disparut immédiatement au sol.

–Vite la voiture de piste ! Il s'est ouvert trop bas... bon sang !

Proférant un gros juron, l'instructeur se précipita.

Magali était livide... Qui ? Qui ? Les trois autres coupoles plongeaient doucement sur la piste herbeuse et s'affalaient élégamment.

Magali regardait Stanislas et Carole qui se serraient la main encore plus fort.

– Ne t'inquiète pas, ce n'est sans doute pas Pierre.

– C'est lui, j'en suis sûre... je le sens, dit Magali, la voix étranglée.

Ils partirent en courant vers la piste, ne sachant où aller vers ceux qui étaient tombés... vers l'autre ?

– Eh ! là-bas ! arrêtez, cria une voix. Vous n'avez pas le droit d'aller là-bas ! C'est dangereux, il y a des avions qui décollent !

Ils s'arrêtèrent dans leur élan et revinrent doucement vers les hangars, en se retournant fréquemment pour voir la voiture de piste maintenant disparue à leurs regards.

L'attente fut longue. Quand soudain le hurlement d'une sirène d'ambulance retentit. Au loin arrivaient trois paras, le parachute en boule sous le bras... Aucun des trois n'avait la combinaison rouge de Pierre...

Alors Magali comprit et fondit en larmes.

Dans le petit hangar, ce fut la consternation qui accueillit les trois paras joyeux... Ils ne savaient pas ce qui s'était passé, et personne ne connaissait encore la réalité.

D'autres sticks s'apprêtèrent à monter dans l'avion. Même après un accident, il est de coutume d'en parler le moins possible et surtout de continuer les exercices comme prévu. C'est le seul moyen d'éviter toute panique!

L'ambulance passa enfin devant eux, toutes sirènes hurlantes. Magali voulut l'arrêter, savoir... Carole la retint en arrière.

Enfin la voiture de piste arriva.

L'instructeur en descendit.

– Mademoiselle, dit-il en allant vers Magali, vous êtes une amie de Pierre?

– Oui, dit Magali dans un souffle.

– Rassurez vous, cela va aller. Il a été un peu sonné. Son parachute ne s'est pas ouvert et il a dû actionner le ventral, en dernière minute. Pour un premier saut, il a eu de sacrés bons réflexes! L'arrivée au sol a été très rude et la tête a cogné, malgré le casque. Mais il est conscient. Par précaution, on l'a emmené au CHR pour faire des radios. Il a eu de la chance!

Magali ne put s'empêcher d'éclater en sanglots... elle sentit, alors, à quel point elle l'aimait.

19

Intimidés, Magali, Carole et Stanislas pénétrèrent dans la petite chambre où reposait Pierre.

Celui-ci les accueillit avec un grand sourire

– Salut !

– Salut !

– Comment ça va ? dit Stanislas.

– Tu vois, très bien, maintenant. Je vous avais promis une journée captivante. Je crois que je me suis surpassé ! dit Pierre en souriant et en regardant Magali. Il était encore bien pâle. Il continua :

– Désolé de vous avoir fait peur !

– Tu n'as pas intérêt à recommencer ce genre d'exploit devant moi, dit Magali, c'est simple j'ai cru faire un arrêt cardiaque et tu n'étais pas là pour me réanimer !

– Je ne l'ai pas fait exprès... Juré ! répondit Pierre avec force. Et je vous assure avoir eu la plus belle frousse de ma vie !

– Qu'est-ce qui s'est passé ? demanda Magali.

Pierre raconta comment il avait sauté, comme d'habitude, mais en prenant encore plus soin d'avoir une position parfaite et bien équilibrée à la sortie de l'avion, pour freiner sa descente. Il avait pu, au cours des derniers sauts en ouverture automatique, faire semblant et s'entraîner. Il avait voulu tirer la manette pour ouvrir le pépin, comme il l'avait fait souvent au sol. Impossible, cela ne venait pas. Il avait beau tirer, tirer... rien ! Ses mouvements l'avaient déséquilibré et il s'était mis à tomber comme une pierre, en roulant sur lui-même.

– J'ai eu quelques quarts de seconde de panique la plus complète... Puis j'ai réussi à ouvrir le ventral, mais il ne restait que peu de mètres avant d'arriver au sol et le parachute ne m'a pas assez freiné... et je suis arrivé au sol comme une grosse pierre ! J'ai un prénom prédestiné ! Mais j'ai eu toutes les chances, la terre était molle et j'ai été amorti par les branches d'un sapin. Rien de cassé ! Voilà, c'est tout !

– C'est tout ? Eh ! bien, ce n'est pas mal quand même !

Ils continuèrent à parler en flots, déchargés de toute l'angoisse qui les avait étreints ces dernières heures. Ils se sentaient très profondément unis pour avoir vécu ensemble une pareille aventure.

Les visites s'achevaient. Magali l'embrassa sur les deux joues, avec beaucoup de tendresse. Ils se regardèrent intensément.

– Soigne-toi bien, dit-elle.

– Merci d'être venue... Tu me pardonnes ?

– Pas de problème ! Tu es là... et entier ! C'est l'essentiel.

Magali et Carole partirent.

– Tu restes longtemps ici ? demanda Stanislas qui s'était attardé.

– Oh, non, juste la nuit pour veiller à ce qu'il n'y ait rien et demain je reviens. Ce ne sera qu'un mauvais souvenir !

Il continua plus sérieux.

– Tu vois, Stanislas, maintenant je sais, j'ai vu la mort de près, de très près. J'ai compris, ce que je n'avais jamais compris avant. C'est difficile à expliquer. C'est impossible même. Mais je voulais que tu le saches. On se croit toujours fort. On croit que rien ne peut nous atteindre, que c'est pour les autres. Maintenant je sais... j'ai eu peur, très peur.

20

Pierre et Magali pédalaient doucement dans la forêt.

Les arbres peu à peu s'enveloppaient de voilages faits d'une multitude de verts tendres. Les sous-bois exhalaient des odeurs de pourriture de feuilles mortes de l'automne précédent. Le soleil jouait à travers les branchages, auréolant parfois la brune chevelure de Magali d'une couronne de lumière.

Pierre était tout à fait remis de sa chute un peu rude, malgré une énorme fatigue due au choc.

Bientôt, ils s'arrêtèrent et s'assirent sur un tronc couché, près d'un petit sentier.

Les oiseaux piaillaient. Les deux jeunes gens étaient bien incapables de reconnaître leurs cris, mais ils en appréciaient l'originale cacophonie.

Ils avaient beaucoup de choses à se dire. Tant d'importantes... Mais ils n'osaient jusqu'à présent qu'aborder les futilités.

– Alors, les études, le Bac, ça se prépare bien ? dit Pierre.

– En gros, pas de problème, mais que j'ai hâte d'avoir terminé le lycée, répondit Magali, en rajustant ses cheveux décoiffés par le trajet en vélo, on a de bons profs, mais d'autres ! de vrais ploucs ! Le prof de math par exemple ! Tu la verrais, elle met des jupes tellement courtes sur ses grosses fesses qu'on se demande toujours si elle ne va pas découvrir le reste. Elle tire toujours sur sa jupe en étant sur l'estrade... et du point-M au point-O, en passant par les cosinus, les logarithmes et « j'en rajoute et j'écris au tableau »... On suit, on ne suit pas, c'est pareil !

Magali mimait le professeur en se tortillant.

– Moi qui ai horreur des maths ! Cela ne va pas s'arranger ! Et toi, comment cela se passe-t-il en fac ?

– Oh, nous ! cela varie aussi, répondit Pierre. Les profs sont souvent intéressants, mais on voit très bien la différence entre les purs scientifiques qui s'extraient de leur labo pour jeter un œil sur la masse d'étudiants en face d'eux et ceux qui ont une réelle expérience hospitalière... Moi, ce sont surtout ceux-là qui me passionnent. Il y a aussi des excentriques. Je me souviens d'un prof de diététique alimentaire qui nous expliquait qu'il essayait toutes ses trouvailles sur sa femme. Une fois, on l'a aperçue avec lui ! Tu l'aurais vue ! Un échalas avec un gros pif ! L'horreur !

« Et il y a des cours qui se passent aussi carrément au dessus du malade. C'est quelquefois d'un cocasse ! Mais je plains le type au fond du lit, bien que certains soient ravis d'être l'objet de l'attention d'une vingtaine de blouses blanches.

Ils avaient abandonné leurs vélos et marchaient maintenant doucement.

Enfin, Pierre aborda ce qui leur tenait à cœur.

– Est-ce que tu sais, pour Carole ? Ses examens médicaux ? Où en est-elle ?

– Le premier test est négatif. Il faut attendre le second pour confirmation. C'est toujours un petit ouf, mais elle n'est pas encore tranquille.

– Elle t'en parle quelquefois ?

– Non, ou très rarement et je ne veux pas toujours remuer ce genre de chose ! C'est tellement angoissant au jour le jour. Elle est aussi très secrète. Elle s'enferme dans sa musique de plus en plus. Elle n'a malheureusement pas une famille qui l'aide. Je crois même que ses parents ignorent tout. Sa mère est une égoïste finie, complètement superficielle. Son père ne la connaît plus. Comment être à l'écoute de sa fille en la voyant une fois par-ci une fois par-là ? Je ne sais pas ce qu'elle vit avec Stanislas. Elle semble beaucoup l'aimer et la musique est leur fil commun. J'ai l'impression qu'elle se raccroche désespérément à lui, tout en ayant terriblement peur de l'avenir... J'avoue que je ne sais pas quoi faire pour l'aider. Est-ce que Stanislas t'en parle ? Comment vit-il sa maladie ?

– Pour l'instant tout va à peu près. Il a un bon traitement et aucune manifestation grave. Lui aussi, j'ai beaucoup de mal à le comprendre et à l'aider. Nous ne sommes sans doute pas assez artistes pour aider des musiciens ! continua-t-il en riant et en regardant Magali. Mais, reprit-il sérieusement, il y a tant de choses qui nous séparent : sa culture d'abord et puis tout ce qu'il a vécu.

– Tu vois, j'ai souvent l'impression en regardant les autres vivre, que l'on est chacun dans une bulle, on se voit, on se regarde, on se touche même mais la bulle ne casse pas, au contraire, c'est quelquefois un miroir qui empêche encore plus de voir l'autre. Avec

Stanislas, c'est comme cela, on partage le quotidien, on échange sur beaucoup de choses. Mais le fond de nous-mêmes n'est jamais livré. Peut-être a-t-on peur de l'autre. Ou peur de ce qu'il va nous révéler sur nous... je ne sais pas.

– Comment réagit-il psychologiquement au sida? interrompit Magali, cela doit être terriblement difficile à admettre.

– Un jour, il m'a posé beaucoup de questions. Je lui ai donné beaucoup de réponses; j'ai eu tort, raison, je n'en sais rigoureusement rien. Il semble continuer à vivre comme avant. Il travaille énormément et trouve des concerts un peu à la fois... C'est très important.

– Tu crois qu'avec Carole, c'est sérieux? demanda Magali. Parce qu'il n'y a aucun avenir pour eux deux. Ils s'aiment mais tu vois, j'ai peur pour Carole, sa vie commence et s'arrête en même temps. Elle commence avec l'amour et crac! Elle s'arrête avec le sida.

– Je crois que Stanislas aime vraiment Carole et je te dirais même qu'elle est sa bouée de sauvetage. Pour elle, il se bat. C'est la seule personne au monde qui s'intéresse à lui. Moi je ne compte pas. Nous sommes amis, c'est vrai, mais en même temps je représente ce qu'il veut rejeter : le monde médical! Alors j'essaie d'être le plus discret possible. Je crois que c'est ce qu'il y a de mieux.

Ils se turent un instant, avançant lentement sous la futaie.

Magali réfléchissait.

– Je vais peut-être te paraître démodée, dit Magali. Mais... je ne sais comment dire...

Elle fixait le sol et les bouts de feuilles mortes qu'elle soulevait avec la pointe de sa chaussure...

– Vas-y, encouragea Pierre. Go ! dit-il en riant !

– Bon, Go ! Eh ! bien voilà ! Pour moi, quand on s'aime, on ne doit pas tout de suite coucher avec l'autre. Tu comprends, on va trop vite. Je n'y connais rien, mais j'ai l'impression que d'aller tout de suite dans le lit de l'autre, c'est brûler les étapes. Je crois que dans l'amour, il faut prendre son temps.

« Tu vois, j'ai pas mal discuté de tout cela avec mon grand-père. Au début, je pensais un peu comme tout le monde : qu'il est normal de se connaître physiquement, qu'on se connaît mieux et qu'après, si tout va bien, on peut s'engager définitivement dans le mariage ou pas. Et puis, il m'a dit des choses qui m'ont beaucoup fait réfléchir. Lui, il est catholique pratiquant. Ils ne sont d'ailleurs pas tous d'accord quelquefois les catholiques. Mais ses idées, je pense, sont fondées sur une réflexion logique et même naturelle, comme adaptée à la nature humaine, correspondant à ce qu'il faut pour son bonheur. Il m'a expliqué que c'était d'ailleurs exactement ce que disait le pape, qu'il n'inventait rien.

Magali continuait sur sa lancée. Pierre ne disait rien.

– Tu comprends Pierre, le drame que vivent Stanislas et Carole n'aurait pas dû arriver si Carole avait tenu bon devant le désir physique et si Stanislas, aussi, n'avait peut-être pas profité de son jeune âge. Maintenant, moi, tout me fait peur... On dirait que l'amour est un risque. Tu te maries, tu risques le divorce très souvent. Tu ne te maries pas, tu vis d'un côté, d'un autre, tu essaies l'un, l'autre. Tu risques le sida et même sans cela est-ce vraiment le bonheur au bout du compte ?

Pierre la regarda avec tendresse et lui prit la main.

– Petite Magali... Je crois que nous sommes tous pareils... à espérer le grand amour qui durera éternellement. Un jour, on rencontre quelqu'un avec qui on partage autre chose que de l'amitié... un sentiment merveilleux qui nous remue de la tête aux pieds, qui empêche de dormir et qui rend en même temps très heureux. A ce moment-là on connaît l'amour et on veut se donner entièrement à l'autre. Alors pourquoi attendre ? Pourquoi préserver une partie de soi-même ? Pourquoi ne pas s'offrir entièrement à l'autre ? A ce moment-là, on voit si, non seulement les esprits, mais aussi les corps sont en harmonie... Comment le savoir sinon ? Ne crois-tu pas que nombre de couples ont été assez ahuris, dans le temps, le soir de leur mariage, quand soudain ils se découvraient physiquement et que, bof ! ils n'avaient aucune attirance l'un pour l'autre ?

– Mais l'attirance a lieu naturellement l'un pour l'autre, répliqua Magali. Je pense que si, jour après jour, on a de plus en plus envie de l'autre, de son corps, c'est bon signe, non ? Est-ce qu'il ne vaut pas mieux attendre pour être sûr et puis alors s'offrir définitivement, comme un trésor tout neuf... jamais utilisé par quelqu'un d'autre ?

Pierre la regardait. Un sentiment étrange l'envahit. Il avait envie de la protéger comme une petite fleur fragile et en même temps, il se sentait dominé par une force et une volonté nouvelles.

Ils étaient assis l'un à côté de l'autre, très proches. Ils serrèrent un peu plus l'étreinte de leurs mains. Ils n'osaient se dire ce que chacun d'eux sentait sourdre doucement en lui : une douce impression de sérénité et de bonheur.

– Je suis peut-être bête, hein? dit en souriant Magali. Jeune et encore pleine d'illusions!

– Ni bête, ni pleine d'illusions... Tu as une très belle conception de l'amour et de la vie, et celui à qui tu te donneras aura de la chance car tu seras certainement aimante et fidèle. Je te souhaite de rencontrer cet homme-là!

Magali le regardait. Pierre sentait-il comme son cœur frémissait pour lui?

– Je ne crois pas avoir une très belle opinion de l'amour, dit Magali, je sens que tout simplement, c'est cela l'amour. Il faut se connaître le plus possible pour construire progressivement, ensemble, quelque chose de solide fondé sur l'estime et la confiance.

– Mais en quoi le mariage que tu sous-entends peut-il être plus fort qu'une union que l'on dit libre? Je ne vois franchement pas la différence, si ce n'est que le mariage complique sérieusement les choses et d'ailleurs, les lois dans la société actuelle reconnaissent le concubinage. Donc pour la société c'est une chose normale. Alors comment l'amour neuf, qui se veut fidèle, peut-il être plus fort dans le mariage?

– Et si le mariage donnait une force quotidienne pour tenir le coup, savoir faire des efforts, malgré les petites ou grosses difficultés de tous les jours? répondit Magali

– On peut aussi dire le contraire, rétorqua Pierre en se faisant l'avocat du diable. Sans lien du mariage, on doit faire des efforts tous les jours pour garder l'autre car il est libre de partir!

– Tu mets le doigt sur toute la différence : dans le mariage, on fait effort pour aimer l'autre avant soi, dans l'union libre, on fait effort pour garder l'autre pour soi.

– On voit que tu es une philosophe! répondit Pierre en riant.

– Ne te moque pas de moi... et j'espère que tu as compris simplement ce que je voulais dire!

Ils rirent et, se levant en frottant son pantalon, Pierre lui demanda :

– Douce Magali, qu'est-ce qui te ferait plaisir maintenant?

– Hum... dit-elle en ayant l'air de réfléchir beaucoup. Je vois : une énorme crêpe avec un grand verre de coca!

Pierre se gratta la tête

– En pleine forêt? Pas facile! Mais si ma dulcinée veut bien enfourcher son fier destrier, nous cavalerons ensemble vers l'auberge la plus proche!

Ils prirent leurs vélos en riant et s'en furent par le petit chemin de terre vers la sortie de la forêt.

21

– Asseyez-vous, madame, je vous en prie.

Le professeur indiqua un siège à Mme Maréchal

– Vous avez souhaité me voir, monsieur Torin, dit-elle. Tout va bien pour Carole ? C'est une enfant si gentille, si sérieuse !

– En effet madame, je voulais vous rencontrer en tant que professeur titulaire de Carole. Cela fait quelque temps que tout ne va pas aussi bien que cela, dit le professeur en contemplant ses ongles. Vous avez constaté que les notes baissent en ce moment ?

– Oui, un peu... C'est sans gravité, un peu de fatigue sans doute, ou une petite incompréhension dans une matière ou dans l'autre. Cela va passer !

– Il faut voir que toutes les matières sont en chute libre. Le bac blanc est catastrophique. Vous avez eu les résultats ?

– Ah, non ! Mais vous savez, je suis terriblement occupée et je vis seule pour élever Carole et... je n'y ai pas fait attention.

– Eh ! bien, vous demanderez à Carole. Cela ne va vraiment pas et si je vous ai demandé de venir, continua-t-il en la regardant fixement, c'est que je suis certain qu'il se passe quelque chose qui la perturbe fortement... qu'il faut trouver quoi... et l'aider. A l'heure actuelle, elle n'aura certainement pas son bac si elle ne réagit pas immédiatement.

– Je ne comprends pas, dit Mme Maréchal, qu'est-ce que vous voulez dire?

– Je veux dire... eh! bien, dit-il franchement en la regardant, il n'y a pas que le bac. C'est important, bien sûr, mais je ne peux pas laisser ainsi une de mes élèves en pleine déroute. Et elle est en pleine déroute, répéta-t-il en insistant. Je vous l'assure, madame.

Mme Maréchal trouvait la situation très désagréable. Ce petit professeur qui semblait juger et mieux connaître sa fille qu'elle-même, cela l'horripilait.

– Enfin, monsieur, si Carole souffrait de quoi que ce soit, je m'en rendrais compte. Je suis là en permanence... enfin presque!

– Madame, ne croyez pas que je porte un jugement sur quoi que ce soit. Les professeurs voient et connaissent les élèves d'une façon différente des parents... pour peu que l'on aime son métier, bien sûr! Quand une jeune qui travaillait bien, qui faisait des chahuts comme tout le monde, qui riait, se faisait mettre en colle... et partageait sa passion de la musique avec ses amis ne dit plus rien, a toujours le regard dans le vague, devient toute pâlotte, c'est qu'il y a quelque chose. Quoi? Ce n'est peut-être pas grand-chose... C'est peut-être grave... Nous n'avons pas le droit de ne rien faire. Ensemble nous pourrions l'aider.

– Mais bien sûr, monsieur, bien sûr, croyez bien que j'aime énormément Carole et que je veux son bonheur.

– Permettez-moi de vous poser quelques questions. Vous n'y répondez pas si je suis indiscret. Vous êtes séparée de votre mari, n'est-ce pas?

– Oui, mais depuis longtemps ! Carole a très bien admis la situation. Elle s'est fait une vie à part avec ses amis, son violoncelle... Elle voit son père régulièrement. Elle a paru toujours très heureuse.

– Excusez-moi, mais... vous vivez avec quelqu'un d'autre ?

– Enfin, monsieur, vos questions sont inconvenantes ! Est-ce que je me mêle de votre vie privée ?

– Madame, peu m'importe ce que vous faites. Il s'agit de Carole ! s'exclama M. Torin, si vous vivez avec quelqu'un qu'elle n'aime pas, c'est peut-être la source d'un conflit, non ?

– Mais, non, certainement pas, c'est ridicule. Vous voyez des problèmes psychologiques là où il y a une paresse soudaine pour les maths ou la philo !

– Non, madame, non ! Carole souffre... De quoi ? Vous devez, nous devons le trouver, s'enflamma le professeur. Elle a peut-être un petit ami avec qui tout va bien ou rien ne va plus. Je ne sais pas moi. C'est vous qui devez le savoir et l'aider. C'est votre devoir, madame !

– Je n'ai pas de leçon à recevoir de vous, monsieur, répliqua Mme Maréchal, furieuse, en se levant. Pour qui vous prenez vous ? Enseignez votre anglais puisque vous êtes prof d'anglais et ne vous mêlez pas, mais alors surtout pas du reste !

Elle sortit, fière, drapée dans sa dignité offensée.

M. Torin se rassit. Il se passa les mains dans les cheveux, découragé.

« Il faut que j'arrive à comprendre par moi-même... Je vais essayer par l'intermédiaire de son amie Magali. »

Il avait tenté de parler à Carole sans succès. Tout allait bien... Un peu de fatigue... Elle était heureuse...

Magali aimait bien ce professeur d'anglais et entra avec confiance dans son bureau quand elle apprit sa convocation.

– Asseyez-vous Magali. Bravo pour vos résultats, c'est presque parfait. Encore un petit effort à faire dans l'expression orale en anglais. Mais c'est bien, c'est bien. Toujours envie de devenir avocat ?

– Je crois que oui, enfin je verrai bien après le droit. Je découvrirai peut-être un autre métier.

Elle se demandait bien pourquoi M. Torin l'avait appelée.

– Vous vous demandez pourquoi je souhaitais vous parler, dit-il en devinant ses pensées. C'est simple, il s'agit de votre amie Carole.

– Ah ! Carole, dit Magali en soupirant.

– Oui, vous savez bien que quelque chose ne va pas, vous êtes trop amies pour l'ignorer. Je ne veux pas me mêler des affaires privées de mes élèves, mais, là, je crois que réellement, elle a besoin d'aide et si je puis être d'un secours quelconque, il faut qu'elle m'en parle. Je crois qu'elle ne peut pas beaucoup compter sur ses parents... Vous êtes jeune, mais il faut vraiment l'aider, Magali, avant qu'il ne soit trop tard.

– Qu'est-ce que vous voulez dire ? Avant qu'elle échoue au bac ?

– Oh, le bac, c'est secondaire, pour elle... Elle se détruit en ce moment, Magali... Et je vous avoue que cela me fait peur.

Le professeur regardait Magali avec attention. Elle se tortillait sur sa chaise. Elle voyait une main secourable dont elle avait tant besoin, mais était liée par un secret si lourd à porter !

– Je vous remercie, monsieur, elle a besoin d'aide c'est vrai. Elle... elle vit quelque chose de terriblement difficile en ce moment... Personne ne peut l'aider malheureusement... Personne. Il faut espérer que, dans quelque temps, cela ira mieux... Il faut l'espérer...

Elle se tut, pensive.

– Je ne veux pas vous torturer en remuant ce qui ne va pas, dit M. Torin, en se levant, sachez et dites-lui surtout que ma porte est toujours ouverte. Cela fait beaucoup de bien de parler quelquefois. Quoi qu'il se passe, je ne juge rien. Je veux seulement l'aider.

– Pourquoi ? demanda Magali.

– J'ai peut-être une conception très forte de l'enseignement, dit en souriant M. Torin. Mais mes élèves, je les aime bien, et je veux qu'ils soient heureux.

– Merci, dit Magali en partant, merci beaucoup.

Les épaules trop lourdement chargées, elle quitta le bureau avec une furieuse envie de pleurer.

M. Torin se rassit en soupirant. Il était si impuissant !

Il classa distraitement les papiers éparpillés sur son bureau : réunions par-ci, rencontres par-là... Tiens ! Qu'est-ce-que c'est ? A oui, la fête du lycée ! Il n'avait pas le cœur à prévoir quelque chose !

Quel était le thème de cette année : « L'ouverture aux autres »

« L'ouverture aux autres » ? facile à écrire, quand l'autre se ferme dans sa coquille comme une huître sur une perle et qu'il semble si difficile d'en découvrir le trésor ou le mystère.

Il se faisait sans doute des idées, des soucis pour rien. De quoi se mêlait-il ? Cette Mme Maréchal avait sans doute raison...

Il prit quelques notes et soudain, s'arrêta, la plume en l'air.

« La fête du lycée... de la musique... Carole... mais oui. C'est cela qu'il faut faire et organiser... Je suis certain que ce sera le moyen de déclencher quelque chose, mais quoi ?... Je n'en sais rien. Mais au moins un petit pont entre nous. »

Complètement excité à cette idée, M. Torin attendait avec impatience la récréation.

Il repéra facilement Carole, avec Magali, sous le quatrième peuplier de la cour.

Il s'approcha lentement, ses pas semblant l'amener naturellement vers elles.

Magali le vit s'approcher avec appréhension. Qu'allait-il dire ?

– Rebonjour, mesdemoiselles, dit-il en souriant, je voulais vous voir Carole, pour... ce n'est pas chose ordinaire pour un professeur, mais, pour vous demander conseil.

– Un conseil, à moi ? répondit Carole étonnée, en jetant successivement son regard sur son professeur et sur Magali.

– Voilà, reprit M. Torin, il s'agit de la fête du lycée qui a lieu bientôt, j'aimerais avoir vos conseils musicaux. C'est un domaine que vous connaissez bien et je trouve qu'il serait intéressant de faire participer les élèves qui jouent d'un instrument lors d'un petit concert. Le thème est « l'ouverture aux autres ». On peut s'ouvrir très bien en découvrant le talent des uns et des autres. Qu'en pensez-vous ?

Une lueur de joie traversa les yeux de Carole, une petite lueur que le professeur n'avait pas vue depuis longtemps, tandis que Magali était soulagée de la tournure de la conversation.

– Oh ! oui, cela peut être super ! Il pourrait y avoir du piano – il y en a plusieurs qui en jouent très bien – de la flûte traversière, du violon et du violoncelle, bien sûr ! Ce qu'il faut c'est avoir quelque chose de cohérent et de déjà prêt, car il ne reste pas beaucoup de temps !

– Est-ce que vous avez un morceau de violoncelle prêt avec un accompagnement ? demanda-t-il.

– Oui, mais... celui avec qui j'aime énormément jouer n'est pas du lycée.

Magali prit la parole.

– C'est un pianiste russe. Il est extraordinaire, aussi bien pour jouer du classique que pour mettre une ambiance drôle et dynamique avec du jazz, de la musique de film, tout ce que vous voulez. Il sera certainement d'accord, tu ne crois pas, Carole ?

– Je crois, oui, il sera d'accord. Mais il faut aussi que la direction du lycée veuille bien.

M. Torin l'observait discrètement. Il sentait en elle une passion qui témoignait d'une flamme intérieure qui devait soit la ronger... soit la faire vivre.

– Quoi de mieux qu'un musicien russe sur le thème de l'ouverture aux autres ? Parle-t-il français ?

– Oh, oui très bien ! Et vous verrez, il est fantastique, dit Carole avec enthousiasme !

La cloche se mit à sonner.

– Eh ! bien, merci, vous voyez que des élèves peuvent aider un professeur, dit M. Torin en les quittant. Tenez-moi au courant rapidement.

Il les regarda filer vers les classes.

Carole ? Ce musicien ? Avait-il visé juste sans le faire exprès ?

22

Il se sentait fatigué, si fatigué.

Il se réveillait souvent la nuit, tremblant des pieds à la tête, le corps glacé et la tête brûlante. Une diarrhée persistante lui tenaillait le ventre depuis plusieurs jours, coupant son sommeil déjà si fragile. Ses forces fuyaient et pourtant il fallait qu'il tienne le coup, coûte que coûte.

Il savait très bien que s'il allait voir le médecin, il entrerait maintenant dans le cycle des hospitalisations. Il ne voulait pas, pas encore. Il fallait qu'il fasse d'abord plaisir à Carole, qu'il joue pour son lycée. Elle ne devait s'apercevoir de rien.

Pierre était furieux qu'il ne se soigne pas mieux, mais que pouvait-il y faire ?

Stanislas essayait de détendre son corps, bien à plat dans le lit. Il respirait à fond, contractant et relâchant successivement tous ses muscles, technique qui l'avait toujours beaucoup aidé pour vaincre le trac avant un concert. Il voulait sentir son corps travailler. Il voulait le dominer et il le dominerait jusqu'au bout !

Dans une semaine, il pourrait se reposer un peu, dans l'attente ensuite du concert plus important qui aurait lieu dans le cadre d'un festival dans les Flandres.

Il avait arrêté de jouer le soir, dans les bars et restaurants. Il en avait prétexté la préparation des concerts. En fait, il n'en pouvait plus, ni psychologiquement de jouer ce qu'il n'aimait pas, pour des gens qui l'écoutaient à peine, ni physiquement.

« Puisque je n'en ai peut-être plus pour longtemps à vivre, se disait-il, autant faire ce que je veux et consacrer toutes mes forces à cela. »

Il se leva, but coup sur coup trois grands verres d'eau. Il était assoiffé ! Il se força à manger un peu mais c'était difficile, cela ne passait pas. Il regarda ses mains, ses doigts... Tout son corps pouvait lâcher, mais pas ses mains ! Pas sa tête ! Il tiendrait. Il tiendrait...

Il partit pour le lycée.

Le proviseur lui avait donné la possibilité de travailler sur le piano de la salle des fêtes. Un quart de queue assez correct.

Carole trouvait tous les prétextes pour passer par là et rester quelques instants avec lui.

Plusieurs répétitions furent organisées avec les autres élèves... sous la surveillance de M. Torin.

Il observait Stanislas et Carole. Il y avait plus qu'une complicité musicale, entre ces deux-là. Leurs regards, leurs gestes tendres, si discrets, ne pouvaient lui échapper.

Il y avait quelque chose d'étrange dans ce jeune Russe : une force qui émanait de sa grande taille, de son regard profond, une sorte de fébrilité dans des yeux parfois trop brillants, des joues rouges... et des éclairs d'angoisse et de rage de vivre, qui se traduisaient dans toute sa musique.

Carole vivait ces semaines avec trop d'excitation et d'exubérance... un trop-plein, se disait M. Torin. Elle était passée de l'apathie à la volubilité. Avait-il eu tort de lui demander cette participation ? Qu'est-ce que tout cela cachait ? Mme Maréchal était-elle au courant des relations qui existaient entre ce musicien et sa fille ?

Enfin, le soir de la fête arriva.

Un petit vent agréable incitait à la promenade et les parents et les lycéens arrivèrent nombreux dans la salle.

Tous ceux qui jouaient avaient amené parents et amis très fiers de participer à un spectacle original et de qualité grâce à la présence d'un grand artiste russe, une bonne tête d'affiche !

Dans les coulisses, l'énervement était à son comble. C'était à qui avait le plus le trac ! Stanislas regardait la petite équipe en souriant, heureux d'être parmi eux. Ils le considéraient presque comme un grand frère sur qui ils pouvaient compter.

Avec Carole, il avait minuté et programmé toutes les séquences. C'était elle qui présentait. Stanislas jouait plusieurs fois : quelques petites pièces de jazz et de musique de film en première partie, la sixième Rhapsodie hongroise de Liszt en fin de programme, une pure merveille !

Carole apparut. Vêtue d'une longue robe noire, ses cheveux blonds sur les épaules, elle paraissait toute menue. Elle s'approcha du micro. Les lampes de la salle s'éteignirent, une auréole de lumière l'enveloppa.

Sur le côté, dans les coulisses, Stanislas la regardait. La petite jeune fille avait disparu... C'était une femme qu'il aimait... pour elle, il offrirait ce soir le plus beau bouquet de musique qui soit. Pour elle... à jamais.

La soirée s'écoula dans un tourbillon. Les jeunes élèves moins talentueux commencèrent à jouer. Quelques petites fausses notes, quelques saluts un peu gauches qui faisaient rire une salle indulgente. Stanislas accompagnait certains instrumentistes avec délicatesse, soutenant les jeunes artistes très impressionnés. Sa musicalité, son talent étaient tels que jamais les élèves n'avaient réussi à si bien jouer. Ils ne se sentaient ni soutenus ni accompagnés, mais transportés.

Les murmures qui couraient parfois dans les rangées quand la qualité musicale n'avait rien d'attractif disparurent progressivement.

Carole joua en seconde partie. Les ovations qui la saluèrent la rendirent rose de plaisir. M. Torin avait la gorge serrée et... mal aux mains à force d'applaudir. Il voyait au loin Mme Maréchal, très fière de sa fille. Il aurait pu l'entendre dire : « Vous voyez, je vous l'avais bien dit que tout allait bien pour ma Carole ! »

Stanislas enfin s'approcha pour interpréter le dernier morceau. On s'assit un peu mieux, on se moucha, on toussa. Chacun, même les plus petits, comprenait que le moment allait être très agréable.

Les basses du piano retentirent, bientôt rejointes par quelques accords plus aigus. Le martèlement de la danse se fit ensuite de plus en plus léger, aérien. Les arpèges s'envolèrent, descendirent, remontèrent, préparant l'oreille attentive à l'annonce du thème qui arriva, doux et fort, en même temps.

Les lèvres de Stanislas bougeaient. Il chantait en même temps que chacune des notes qu'il laissait échapper du piano. Tout était respiration qui venait du plus profond de lui-même.

Quelques notes profondes, une réponse en cascade. Le public retenait son souffle... la danse jaillit, tourbillonnante, entraînant tout sur son passage, en sauts légers et rapides, tandis qu'au loin, un cœur battait, profond et lent...

Cela avait duré à peine sept minutes... Et c'était inscrit pour l'éternité dans le cœur de chacun.

Le public se déchaîna, réclamant bruyamment un bis.

Stanislas sourit, salua plusieurs fois, en quittant la scène et en revenant. Dans les coulisses, Carole ne put s'empêcher de l'embrasser.

Elle le regarda, et son sourire disparut.

Stanislas était très pâle. Son visage ruisselait.

M. Torin s'était approché. Lui aussi remarqua le faciès particulièrement blanc de Stanislas :

– C'est extraordinaire, monsieur Karkov, mais je crois que ce sera tout pour ce soir. Ne vous inquiétez pas, Carole, je vais prendre la parole pour conclure la soirée. Faites asseoir votre ami.

M. Torin prit le micro. La foule espérait encore et fut déçue.

– Notre jeune artiste ne fera pas de *bis*. Vous conviendrez qu'après de tels exploits et une si magnifique interprétation, les doigts ont besoin de repos. Mais je voudrais voir sur scène maintenant tous nos jeunes artistes qui nous ont offert un spectacle extraordinaire, en commençant par notre animatrice qui est aussi une violoncelliste accomplie... Carole Maréchal !

Carole regardait Stanislas, inquiète.

– Je te quitte deux minutes et j'arrive !

Elle apparut sur la scène, souriante. Les autres élèves saluèrent à leur tour et le public se leva.

– Venez vite, monsieur, s'il vous plaît, dit-elle à M. Torin, Stanislas ne va pas bien.

Ils se rendirent rapidement dans la petite pièce encombrée de vêtements et d'étuis d'instruments.

Assis sur une chaise, le tête entre les mains, Stanislas essayait de dominer les vertiges qui l'envahissaient. Il regarda Carole et le professeur entrer. Le nez pincé, les joues pâles, les yeux brillants, il respirait difficilement.

D'un coup de pied, M. Torin repoussa les multiples objets. Il dit d'un ton autoritaire :

– Allongez-vous par terre... allez !

Il prit un pull qui traînait, le lui glissa sous la tête, desserra la cravate noire et ouvrit son col de chemise.

– Dégagez tout le monde, dit-il en faisant signe aux curieux qui encombraient le petit espace.

– Magali ! Fermez la porte, ouvrez la fenêtre et essayez de me trouver de l'eau et du sucre.

– Ça va aller, dit Stanislas faiblement, la main sur le front... un peu de fatigue, ce n'est rien.

Il voulut se relever.

– Restez allongé, dit le professeur fermement.

La pâleur de Stanislas, sa difficulté pour respirer l'inquiétaient.

Magali revint bientôt avec un verre d'eau et quelques carrés de sucre. Stanislas but une gorgée avec peine.

Il respira profondément.

– Je crois qu'après une bonne nuit de sommeil, tout ira bien, dit-il dans un sourire crispé. Je suis désolé, j'ai l'air d'une... comment dites-vous en français ? D'une serpillière... C'est ça ?

– Il faut que quelqu'un vous raccompagne chez vous et que vous appeliez un médecin, ce serait sage. Carole, votre maman a une voiture ?

– Oui, je vais lui demander. Elle est juste là dans le couloir.

Stanislas se leva.

Mais son grand corps soudain bascula sur le côté... Et dans un grand bruit de chaises renversées, il heurta violemment la tête sur le carrelage, inconscient.

23

– Après Pierre, c'est toi que l'on vient voir à l'hôpital, dit Magali riant, en entrant avec Carole dans la chambre. Ah ! ces hommes... Comme c'est fragile !

Malgré lui, Stanislas se retrouvait maintenant cloué au fond du lit, une perfusion au bras.

Il avait vaguement eu conscience de ce qui s'était passé : la pièce qui valsait, une violente douleur à la tête, un remue-ménage, des bruits de voix. On l'avait porté... Il avait vu des visages, beaucoup de visages qui le regardaient... Une porte de voiture qui claquait... Une sirène d'ambulance très proche... C'était lui qui était dans l'ambulance. Mais c'était un autre corps que l'on transportait Il ne sentait rien. Il était bien maintenant... Allongé... Il se laissait faire. Sa musique retentissait en son cœur... puis quelqu'un l'a interrompue. La pièce était chaude et blanche... Mais elle devenait trop froide car excessivement blanche... Les lumières lui brûlaient les yeux... On le touchait, on le retournait, on enlevait ses vêtements. On lui posait des questions, mais il ne savait plus répondre. Il voulait dormir... dormir... et oublier. Il fallait laisser son corps fatigué en paix.

Enfin tout se calma. Quelque chose de chaud lui enveloppait le crâne. Il tâta le gros pansement. Pourquoi avait-il un pansement à la tête ?

Il sourit aux visiteuses, apercevant une troisième silhouette, celle d'un vieux monsieur.

– Monsieur Casal ! C'est très gentil à vous de venir me voir, dit Stanislas en essayant de se redresser.

– J'étais dans la salle au lycée. Je vous ai écouté. Vous avez encore mieux joué que chez nous, pour les vieux. C'était magnifique. Je me suis inquiété pour vous et j'ai voulu accompagner ma petite-fille. Mais je vous laisse entre jeunes, vous avez des tas de choses à vous dire. Il faut bien vous reposer, jeune homme, bien vous soigner. Le monde a besoin de vous, de votre musique... Et, dit-il plus bas, en se rapprochant, je crois qu'il y a une petite qui a aussi besoin de vous ! Alors pas de blague : repos et traitements adaptés. Après, cela ira !

Jean Casal quitta la chambre en saluant tout le monde de la main et en souriant. La porte fermée, son sourire disparut. Il hocha la tête, et se dirigea doucement vers la salle de garde des infirmières.

– Pardon, mademoiselle. Puis-je avoir des renseignements concernant le jeune Stanislas Karkov ?

– Vous êtes de sa famille ?

– Non. Il n'a aucune famille en France et plus aucune non plus dans son pays. Sa seule famille, ce sont ses amis. Ma petite-fille en fait partie et moi, je l'aime bien ce garçon.

– Eh bien ! cela ne va pas trop mal. Il est sous traitement pour plusieurs jours et nous faisons les examens qui conviennent.

– C'est vague ce que vous me dites. Je veux vraiment savoir.

– Pourquoi ? Qu'est-il pour vous ?

– Un jeune en pleine détresse... Je suis vieux, je veux l'aider... Il a le sida, je le sais.

L'infirmière fixa attentivement le vieil homme qui la regardait. Sa franchise, sa douceur, l'impressionnaient.

– Ah ! vous savez cela !

– Il n'y a pas de honte, reprit Jean Casal, c'est une maladie comme une autre. Non, pas comme une autre... pire que toutes les autres. Que va-t-il se passer pour lui maintenant ?

– Asseyez-vous, je vous en prie, dit l'infirmière, émue devant l'affection de Jean pour cet étranger. Eh bien ! voilà, nous mettons en route un traitement à base d'antibiotiques et d'AZT, c'est spécial contre le sida. Nous soignons la diarrhée et nous le réhydratons. On le nourrit aussi par perfusions pour qu'il puisse reprendre des forces. On fait aussi plusieurs examens pour voir l'état biologique, l'état des poumons, etc. Il va se remettre... pour l'instant. Il aura certainement une rémission, combien de temps ? Personne ne peut le dire.

– Merci pour votre franchise, dit Jean. Ce sida, quelle saleté !

Il se leva et s'éloigna doucement, très triste.

Un pas se fit entendre dans le couloir.

Il croisa M. Torin qui se dirigeait vers la chambre de Stanislas. Jean l'arrêta :

– Il me semble que je vous connais, monsieur, dit Jean.

– M. Torin, professeur d'anglais, dit celui-ci en se présentant, d'un air interrogatif.

– Ah ! voilà, c'est vous qui étiez à la fête du lycée. J'étais dans la salle, je suis le grand-père de Magali Casal. Vous venez voir notre artiste ?

– Oui, il nous a fait peur.

– Vous le connaissez depuis longtemps ? demanda Jean Casal.

– Pas du tout, c'est Carole, la grande amie de Magali, qui l'a invité à jouer pour notre fête et ma foi, elle a eu bien raison.

Ils se rendaient compte l'un et l'autre qu'il fallait poursuivre plus loin la conversation.

– Excusez-moi dit le professeur, mais voyez-vous, je me tracasse pour Carole. Peut-être la connaissez-vous mieux que moi, car c'est la grande amie de Magali, mais... oh ! je me mêle encore de ce qui ne me regarde pas...

– Allez au fond de votre pensée, encouragea Jean.

– Le fond de ma pensée ? Carole vit un drame associé ou non à ce Stanislas. Elle est trop seule, en train de se détruire. Sa joie à cette fête n'était que superficielle... Je voudrais l'aider, c'est tout.

Jean le regarda. « C'est un homme intelligent, bon, se dit-il, la preuve, sa présence, ici. »

– Je ne devrais sans doute rien dire, mais je crois qu'il faut que vous sachiez ce qui se passe, dans la plus grande discrétion, le secret le plus absolu dans l'intérêt de tous.

– Je vous le promets dit M. Torin, intrigué.

Jean s'arrêta un instant, puis reprit doucement :

– Stanislas est malade du sida, Carole craint d'être contaminée... Voilà !

– Le sida, répéta doucement M. Torin, le sida... Tout s'explique... Quelle horreur !

Il était anéanti.

– La mère de Carole est-elle au courant ? demanda-t-il

– Je ne crois pas, dit Jean, Magali m'a expliqué combien mère et fille étaient éloignées l'une de l'autre.

– C'est ce que j'ai ressenti... Pauvres enfants...

Jean respecta un instant le silence qui s'était installé entre eux, puis tendit la main au professeur.

– A bientôt, monsieur, merci de ce que vous pouvez faire pour eux. Je ne suis pas en accord avec ce que les jeunes vivent maintenant, je veux dire, dans leur vie sexuelle... Et je les plains beaucoup... Il faut les aider et tout faire pour arrêter ce massacre ! Mais je suis si vieux, dit-il en soupirant ! J'espère que nous nous reverrons, c'est merveilleux pour eux d'avoir un professeur comme vous, et je vous remercie.

Peu après M. Torin entra dans la chambre.

– Ah ! monsieur Karkov, dit-il, vous nous avez fait peur, je ne savais pas que venir au lycée était une telle épreuve !

Carole et Magali se mirent à rire !

– On vous a toujours dit que nous étions des martyrs !... agonisant tous les jours face à des tortionnaires ! dit Magali.

– Mais non, mais non, reprit Carole, pas du tout. Tout n'est que plaisir et volupté. Tais-toi, dit-elle à Magali, avec un clin d'œil. Il n'a pas encore corrigé la dernière compo !

Leurs rires étaient forcés, mais ils faisaient tant de bien !

M. Torin avait salué Stanislas avec chaleur et s'amusait des réflexions de ses jeunes élèves. Il les regarda en souriant.

– Je crois que la musique a le pouvoir de tout faire oublier. J'oublierai donc les paroles insensées qui par mégarde sont tombées dans mes oreilles... Promis !

Ils restèrent à bavarder une demi-heure autour d'un Stanislas épuisé, mais si heureux de sentir tant d'amitié autour de lui.

24

– Les enfants, dit Jean Casal, à la fin du repas qu'il prenait le dimanche à midi chez les parents de Magali, Hubert et Brigitte, j'ai bientôt quatre-vingts ans et je ne vais certainement pas fêter cela au milieu des petites vieilles dans leur fauteuil roulant avec leur châle de laine, leurs grosses pantoufles et leurs jérémiades permanentes. Je les aime bien quand même, continua-t-il, confus de ses moqueries. Je disais donc... mais cessez de m'interrompre !

– On ne t'interrompt pas, Bon-Papa, dit Magali, on te trouve tout simplement rigolo.

– Rigolo, à mon grand âge ! Et le respect ? Ah ! quelle génération ! Terrible, terrible ! Bon, je disais... et voilà, tu m'as fait perdre le fil de mes idées !

– Tu disais que tu allais bientôt avoir quatre-vingts printemps...

– Ah, oui, quatre-vingts ans, c'est important, alors qu'est-ce qu'on fait, Hubert ? As-tu une idée ?

– Euh ! tu nous prends au dépourvu. Qu'est-ce qui te ferait plaisir ? On pourrait faire un bon dîner avec toute la famille, ce serait sympathique mais il faut un « plus »...

– Laisse-nous trouver des surprises, dit Brigitte.

– Oui, oui, dit Jean, mais pas trop de surprises. J'ai toujours peur de ce que vous pouvez inventer. Moi, je veux une vraie fête, avec ma famille et tous ceux qui aiment ma famille, vos amis à toutes les générations, tous ceux que vous aimez et qui m'aiment un petit peu. On mangera, bien sûr, on boira ! On dansera ce que l'on dansait dans le temps et ce que l'on danse maintenant, on fera de la musique, celle d'hier et d'aujourd'hui.

– Vaste programme, papa, dit Hubert en riant, mais il va falloir trouver une grande salle.

– Nous trouverons, ce n'est pas tous les jours qu'un grand-père a quatre-vingts ans. J'ai le droit de faire un petit caprice à mon âge ! Et puis j'ai encore quelques petites économies : c'est moi qui offre !

Jean s'activait. Il avait fait une liste d'invités. Il n'y en avait plus beaucoup de son âge. Peu lui importait... Ce qu'il voulait, c'était le bonheur de ses enfants, de ses petits-enfants. Il harcelait les uns, les autres. Chacun se sentait bousculé et obligé d'agir. Hubert et Brigitte avaient dû s'armer de courage au début de « l'entreprise ». Déjà débordés de travail au quotidien, ils envisageaient ce genre de réception sans trop de courage. Mais peu à peu, devant l'enthousiasme et l'énergie du grand-père, ils s'étaient pris au jeu.

Magali et ses cousins montaient une saynète, retraçant tous les événements de la vie de Jean Casal. Ils avaient réussi à retrouver des costumes d'époque et s'amusaient beaucoup en répétant.

– Ah ! oui ! avait dit Jean innocemment, il faut que mon piano soit transporté dans la salle.

– Ton piano ? Bon-Papa, tu n'y penses pas ?

– Bien sûr que si, j'y pense ! Mon piano, c'est la voix de ma Marie. Je ne peux pas fêter mon anniversaire sans ma Marie !

L'argument avait porté. On transporterait le piano !

– Ah ! Magali, tu as invité Carole, j'espère.

– Bien sûr, Bon-Papa, et merci beaucoup. Les cousins sont ravis qu'elle vienne, ils l'adorent. Et ce sera juste après le bac, alors ouf! relax ! Nous n'aurons pas encore les résultats, mais l'essentiel sera fait.

– Très bien... très bien...

Jean souriait, l'œil malicieux.

25

– Magali ! Magali !

Carole hurlait presque. Elle courait comme une folle, bousculant tout le monde dans la cour.

Magali se retourna en l'entendant.

– Magali ! Magali...

Elle hoquetait, tenait Magali par les bras.

Soudain, elle se mit à pleurer en gros sanglots qui lui venaient du plus profond d'elle-même.

Puis elle sourit et se mit à rire... sans plus savoir s'arrêter.

– Stop ! Carole, oh !

Magali la secoua rudement.

– Qu'est-ce que tu as ?

– Magali, je... je suis négative... négative ! Tu comprends, négative ! dit-elle fortement.

On les regardait. Elles s'en rendirent compte. Carole baissa la voix.

– Je n'ai pas le sida. Je peux vivre, vivre. Tu comprends ? Vivre.

Elle se remit à pleurer. L'émotion était trop forte. L'élastique de l'angoisse tendu à l'extrême depuis plusieurs mois s'était rompu brutalement, la laissant anéantie, brisée.

Magali, prise par l'émotion, se mit aussi à pleurer. Elles se retrouvèrent dans les bras l'une de l'autre, se mouchant, s'essuyant les yeux, riant, assises par terre sous le quatrième peuplier.

Des pas approchèrent. Ils s'arrêtèrent près d'elles. Elles sentirent une présence et relevèrent la tête.

Carole s'essuya le nez et se redressa.

M. Torin les regarda, inquiet.

Carole se mit à rire nerveusement.

– Ça va, dit-elle, ça va bien, ça va très bien !

– Très bien ? demanda-t-il, étonné.

– Oui, je vais, très, très bien, répliqua-t-elle.

– Cela se voit, reprit le professeur stupéfait de la métamorphose de Carole. J'en suis très heureux.

– Oui, je croyais être malade, et je ne suis pas malade, pas du tout. C'est super... super... Vous croyez que je suis folle ? continua-t-elle en le dévisageant.

Elle ne savait pas qu'il connaissait la vérité... Il en fut si heureux !

– Moi, je ne vous crois pas folle. Mais à côté, dit-il en désignant des groupes d'élèves qui les regardaient, on est en train de se poser des questions ! Il vaudrait mieux être, comment dirais-je ? Moins exubérantes !

– Vous êtes sympa... J'ai envie de vous embrasser, s'exclama Carole.

– Eh ! là, et ma réputation ! Allez, en cours et vite ! L'anglais n'attend pas !

Carole avait grande hâte de retrouver Stanislas le week-end suivant. Ils ne se voyaient pas très souvent et ils savouraient les rares moments où ils pouvaient être seuls.

Carole lui présenta le bilan biologique sans rien lui dire. Il lut et relut

– C'est sûr ? dit-il enfin.

– Sûr.

– Sûr ? Sûr ?

– Sûr, sûr, sûr ! dit en riant Carole.

Il la prit dans ses bras, très tendrement.

– Je suis heureux, si heureux. Tu ne peux pas savoir. C'est ce qui me rongeait depuis plusieurs mois. J'avais si peur pour toi, si peur. Je t'aime tu sais !

Carole se blottit contre lui... Puis leurs lèvres se touchèrent.

Cela faisait plusieurs mois qu'ils ne s'étaient embrassés ainsi. Une petite marque de tendresse par-ci, une petite marque par-là. La révélation de la maladie de Stanislas, la crainte de la contamination pour Carole avait jeté sur eux un manteau glacial de peur et d'appréhension. Ils étaient mal à l'aise l'un vis-à-vis de l'autre.

Carole se disait qu'elle devait aborder ce à quoi l'un et l'autre pensait sans le dire.

– Stanislas, si tu veux... on peut s'aimer. Je veux dire... tu me comprends ? Il y a le préservatif. Je ne risquerai rien comme cela. C'est normal, tout le monde en met maintenant, même si on n'a pas le sida, pour le cas où? Alors tu vois, on peut s'aimer complètement, sans aucun risque.

Stanislas la regardait tendrement. Comme il l'aimait!

La révélation de la négativité du test lui soulignait encore plus à quel point il avait eu peur de l'avoir contaminée.

– Ma Carole, ma toute petite... je t'aime, je t'aime si fort... J'ai aussi très envie de toi. Je voudrais que nous ne fassions plus qu'un, comme lorsque nous faisions de la musique ensemble, mais... non Carole, je ne peux pas, dit-il tristement.

– Tu ne peux pas?

– Je ne peux pas, et je ne veux pas risquer de te donner cette cochonnerie, alors que jusqu'à présent tu as été préservée. Je suis pire que la peste... Tu dois t'éloigner de moi.

– Tu n'as pas le droit de dire cela! Ta maladie, ce sida, on peut l'éviter, en faisant attention. Pourquoi toutes ces pubs pour les préservatifs, si ce n'est pas efficace?

– Ce n'est pas efficace à 100 %, tu le sais et tout le monde le sait. C'est une question de perméabilité d'un latex ou de risque de contamination avant la pose. Il y en a beaucoup de très efficaces... Mais il n'y aurait qu'un risque d'un million, je ne voudrais pas prendre ce risque... pour toi.

– Tu ne m'aimes pas, dit tristement Carole.

– Pourquoi dis-tu cela?... Cela fait si mal à entendre... Si je ne t'aimais pas, je me moquerais bien que tu attrapes ou non ce virus. Pourquoi m'en inquiéter? Je ferais selon mon plaisir : coucher ou non avec toi, mettre ou non le préservatif... qu'importe ! Mais je t'aime, Carole... Je t'aime trop pour que mon amour risque ne serait-ce que sur une seule petite fois, de te donner la mort et non la vie... Je ne puis plus donner la vie... Ma semence est devenue un germe mortel... C'est terrible pour moi, c'est terrible pour tout homme... Alors laisse-moi te donner ce que je puis encore t'offrir : un amour du cœur, celui qui sera éternel.

Il continua doucement.

– Carole, tu es devenue ce que j'ai de plus cher au monde... Ma vie s'en va doucement. Mais tu es devenue une partie de ma vie, celle-là m'est plus précieuse que tout. Je ne veux pas courir le risque de te perdre.

Carole ne disait rien, l'estomac serré, la douleur au fond du cœur.

– Carole, j'ai besoin de toi, égoïstement. Sans doute mille fois plus que tu n'as besoin de moi. Je suis un fardeau, je le sais. Si tu m'aimes un peu, accepte ce que j'aimerais que tu sois : un soutien, une lumière permanente, une mélodie qui me bercera tous les jours. Je te demande beaucoup, je le sais, je deviens bien encombrant. Mais tu vois, Carole, je préférerais que tu partes, très loin de moi, si tu ne peux supporter ce que je te demande, plutôt que risquer, par faiblesse de notre part, de te donner l'inverse de l'amour... de te donner le néant.

« Je vais vers le néant, ma Carole, inexorablement, il ne faut pas y penser... Il faut que chaque jour nous gouttions le bonheur d'être ensemble, comme si nous construisions l'avenir. Il n'y a pas d'avenir pour moi, il y en a un pour toi, je ne veux pas le gâcher. Le quotidien, lui, sera ce que nous voudrons qu'il soit. Excuse-moi de toujours dire nous, mais je te mets dans ma vie car tu y as une place si importante !

– Ma Carole, reprit-il en la serrant dans ses bras, je ne rejette pas ton corps, si tu savais comme tu me plais... C'est le mien qui n'est que pourriture... et je t'aime trop pour te le donner.

– Stanislas, murmura Carole, je ne connaissais pas l'amour, je ne savais pas que cela pouvait être si bon et si douloureux en même temps... Je t'aime... Fais de moi ce que tu veux, je suis à toi.

– Tu me comprends ?

– J'essaie, et j'admire ton courage... J'essaierai d'en avoir une parcelle.

26

Le soir était tombé depuis un moment.

La tête en feu, le cœur brillant, Carole mit la clef dans la serrure et entra doucement dans la maison.

Surgissant de la salle de séjour, Mme Maréchal se planta devant sa fille.

– Je peux savoir d'où tu sors à cette heure-ci ?

– J'étais chez des copains, dit Carole vaguement en retirant sa veste.

– Des copains, quels copains ?

– Pourquoi, tu t'intéresses à eux maintenant ?

Elle s'était retournée vivement vers elle et lui faisait face.

– Qu'est-ce que c'est que cette façon de répondre ? Tu étais avec ce Russe ? J'ai bien vu à la fête de l'école ce qui se passait entre vous. Alors, réponds !

– Eh ! bien oui, j'étais avec lui, on a fait de la musique.

– Sans ton violoncelle ? Je voudrais bien savoir quelle genre de musique ! reprit Mme Maréchal sarcastique, et puis d'abord je ne veux plus que tu voies ce type... C'est peut-être un bon musicien, mais on ne sait pas d'où il sort... un Russe ! Encore un étranger... et puis il a l'air bizarre et sans un sou de santé... à son âge ! Tomber dans les pommes après un concert ! Une mauviette !

– Je t'interdis de parler de lui comme cela, rugit Carole. C'est quelqu'un de remarquable, de magnifique !

– Ne va pas me dire que tu t'es amourachée de ce garçon ! Mais regarde-toi, ma fille, tu n'es encore qu'une gamine ! Une enfant !

– Je ne suis plus une gamine ! Tu ne me regardes jamais ! Tu ne t'es même pas rendu compte que j'avais grandi... et j'ai le droit d'aimer qui je veux !

– Tu n'as pas fait de bêtises au moins ? s'inquiéta soudain Mme Maréchal. Réponds-moi, Carole, je t'ordonne de me répondre. Tu n'as pas couché avec lui ?

Elle s'était mise à la secouer.

Carole se dégagea brutalement.

– Qu'est-ce que cela peut te faire ? Pourquoi t'occupes-tu de moi ? Tu as peur que je me retrouve enceinte, c'est ça ? Qu'est-ce qu'on dirait ! Ta réputation ! C'est à ça que tu penses... parce que tu ne penses qu'à toi ! Moi, tu t'en fous complètement ! Ah ! si, pardon, tu es fière d'être ma mère quand je suis sur scène et que ma musique plaît. C'est tout...

Carole s'étranglait de rage et de confusion de ce qu'elle osait dire ainsi à sa mère. Un gros sanglot dans la gorge l'interrompit.

– Est-ce que tu te rends compte de ce que tu oses dire ? glapit Mme Maréchal, c'est absolument incroyable... Je t'interdis, tu comprends, je t'interdis de revoir ce Russe... Tu vas te mettre à coucher avec l'un, avec l'autre, tu te comportes comme, comme une...

– Une putain, c'est ça ? ironisa Carole. Qu'est-ce que tu veux ? Telle mère, telle fille !

– Oh !

Une gifle violente s'abattit sur la joue de Carole.

Les larmes aux yeux, la main sur la joue devenue très rouge, Carole n'en pouvait plus de souffrance et d'incompréhension.

– Oui, c'est toi la putain... dit-elle dans un hoquet. Tu couches avec... avec ce type que je déteste... Tu l'as mis dans ton lit... à la place de papa et je le déteste... je le déteste !...

Carole s'enfuit dans sa chambre, grimpant l'escalier quatre à quatre.

La porte claqua violemment.

Et le silence tomba brutalement sur la maison.

27

Les jours passaient.

Le petit quatuor ne se voyait pas souvent. Chacun était plongé dans ses révisions.

Pierre travaillait d'arrache-pied ses examens. Il ne quittait plus ses livres... espaçant aussi son travail en clinique.

Les deux filles, pour s'encourager, avaient programmé ensemble leurs révisions. Carole avait retrouvé le calme en évitant sa mère le plus possible. Elle travaillait chez Magali, aimant l'atmosphère gaie mais paisible de la maison. Elle voulait maintenant remonter la pente et réussir son bac et elle consacrait toute son énergie à l'étude. C'était un cadeau qu'elle voulait faire à Stanislas et elle voulait à tout prix réussir, pour échapper au lycée, où elle ne se sentait plus à l'aise. Elle était femme, maintenant.

Stanislas avait pu trouver un petit studio de répétition chez un marchand de piano et il travaillait avec fougue, des heures durant, répétant le concert qu'il devait faire dans les Flandres. Il fallait que ce soit parfait. Pourtant, l'inquiétude le rongeait souvent. Il sentait dans son corps des modifications qui le remplissaient d'anxiété : non seulement il maigrissait, mais par moments des tremblements incontrôlés lui prenaient les mains, les pieds... La partition dansait devant ses yeux... La mémoire devenait défaillante.

Il se trouvait tout à coup devant un néant face à certaines pièces musicales qu'il connaissait tellement par cœur qu'elles faisaient partie de lui-même. C'était comme si on lui retirait son propre nom, son identité.

C'étaient des instants fugaces. L'agilité de la mémoire revenait... La danse des notes s'arrêtait.... Le moral remontait un peu.

Les périodes d'insomnie étaient fréquentes. Sa tête ne pouvait être en repos. La douleur, les traitements ne lui faisaient pas peur. Son corps en avait déjà vu beaucoup et il savait que toute douleur physique, même la plus intolérable, n'est que passage. Elle s'oublie dans la tête... parce qu'elle s'oublie dans le corps.

Son angoisse n'était pas due aux modifications physiques qu'il ressentait mais à ce qu'elles entraînaient. Il craignait par-dessus tout, le « trou » pendant un concert, ou le blocage des doigts. Alors il travaillait de plus en plus pour que tout devienne réflexe et automatisme et qu'il n'ait plus qu'à puiser au fond de lui-même la transcription d'un chant et la profondeur d'une histoire à transmettre.

Il y avait aussi quelque chose qui n'allait pas.

Qui, intellectuellement, paraissait inconcevable.

Il pensait souvent à la mort. Elle ne lui était pas étrangère, elle ne lui faisait pas peur. Si c'était l'anéantissement d'un corps, le souvenir de ce corps, de l'être, restait dans la mémoire des hommes... Mais combien de temps? Et pourquoi?

Quelque chose devait exister, qui allait au-delà du corporel. Quelque chose, quelqu'un devait exister qui permette de survivre... d'une autre façon.

Sa musique le mettait souvent dans un état de béatitude qui dépassait le bonheur physique. Son esprit se magnifiait... Il atteignait alors un summum de bonheur empreint d'une spiritualité réelle.

Cette spiritualité ne pouvait mourir. Ce n'était pas possible... Elle devait se poser quelque part... Là-haut peut-être, dans le ciel... C'est ce que pensent les chrétiens.

Il avait besoin de savoir. Ce serait sans doute rassurant de connaître la vérité.

Il pensa alors à la messe de minuit, dans l'abbaye, avec les parents de Pierre. Il l'avait vécue en spectateur. Pourtant, il se souvenait de cette sérénité bienfaisante qui l'avait envahi... Il en avait tant besoin maintenant!

28

Pierre aurait volontiers cru au miracle !

Stanislas lui semblait dépérir tous les jours. Ses joues se creusaient, il flottait dans ses pantalons.

Pourtant, ce fameux concert dans les Flandres avait été une pure merveille. Pierre avait tenu à l'accompagner malgré son ennui de perdre une soirée de travail. Les filles n'y étaient pas.

Stanislas avait été éblouissant. Pierre, qui se croyait insensible à la musique, avait été remué au plus profond de lui-même. Le public nombreux et souvent peu averti en matière musicale, avait été absolument subjugué.

Grâce à Stanislas, ce festival des Flandres, qui s'étiolait, avait retrouvé un souffle et une puissance dont tous les chroniqueurs des journaux régionaux s'étaient faits l'écho.

– Regarde, dit Pierre, en laissant tomber sur Stanislas encore ensommeillé une pile de journaux. C'est fou. Je loge avec une personnalité !

Il ouvrait les journaux, les pliait pour mettre en valeur l'article, la photo.

– C'est fantastique, tu fais l'admiration de tout le monde, il n'y a pas un article qui ne soit élogieux.

Stanislas se redressa sur un coude, passa la main dans ses cheveux ébouriffés.

– Montre ça, dit-il.

Il s'assit plus confortablement. Il souriait en lisant.

– Ils sont drôles, ces journalistes. Il y en a qui s'y connaissent, mais d'autres... c'est vraiment léger, léger ! Mais c'est très sympathique !

– Tu vas voir, avec ce concert, tu vas avoir plein d'autres propositions, dit Pierre, avec enthousiasme.

– Oui, répondit tristement Stanislas.

– Cela ne te fait pas plaisir ?

– Bien sûr que si, mais... c'est trop tard Pierre, trop tard. Je ne sais pas comment j'ai pu réussir ce concert. Jusqu'à la dernière minute, j'ai cru que j'y renoncerais.

– Pourquoi ? dit Pierre en s'asseyant au bord du lit.

– Pierre, tu le sais bien, tu me vois tous les jours. Tu remarques certainement la mine que j'ai. Et la mine ce n'est rien... J'ai des trous de mémoire épouvantables, des tremblements que je ne sais plus contrôler, ma vue se trouble, par moments, je ne vois plus rien, tout bouge, tout danse... c'est comme cela !

Il se mit soudain à tousser très fort.

– J'ai même attrapé un rhume maintenant, dit-il en souriant... je n'en avais pas besoin !

L'effort colossal que Stanislas avait fourni pour le concert l'avait anéanti.

Il toussait de plus en plus.

De nouveau, l'hospitalisation s'imposa. Les traitements s'ensuivirent, pénibles et longs.

Fatigué, il ne savait plus lire et passait son temps, les yeux mi-clos, à écouter les nombreuses cassettes que ses amis lui avaient apportées, dans l'attente de pouvoir retourner parmi eux.

29

Juin tirait à sa fin.

Les examens étaient finis pour tout le monde. On n'osait pas trop en parler. Stanislas se remettait un peu, il réussissait à mieux s'alimenter et avait pu rentrer chez lui.

La famille Casal était en effervescence. La fête pour Bon-Papa s'était préparée avec fébrilité.

Il y avait d'abord une messe en souvenir de Marie. Jean y tenait beaucoup et on avait profité de l'office paroissial pour regrouper toute la famille. Pratiquants habituels ou non, tout le monde avait approuvé cette célébration qui faisait partie intégrante, pour eux, d'une grande fête familiale. Le prêtre, dans son homélie, avait eu la gentillesse de dire un petit mot pour Jean et sa Marie. La famille faisait bloc, c'était bon.

Les cousins se retrouvaient avec grand plaisir. Cependant, garçons et filles avaient énormément changé en un an, depuis les vacances communes. Les filles avaient mûri un peu plus vite, tandis que les garçons avaient pris des centimètres supplémentaires dont ils n'étaient pas peu fiers !

On échangeait des projets de vacances, d'études et d'avenir et les angoisses de l'attente des résultats d'examens.

Les adultes contemplaient leurs rejetons, comparant les qualités des uns et des autres. Ils n'avaient évidemment que des qualités... ou presque!

On s'informait de la santé des vieilles tantes qui n'avaient pu venir.

Jean Casal, tout heureux, allait d'un groupe à l'autre, chacun le félicitant de sa mine superbe et de sa santé florissante.

Les appétits émoustillés par l'apéritif, on se mit à table joyeusement, répartis par génération, les très jeunes, les jeunes, les adultes, les « vénérables ».

Plus le repas avançait, plus les rires jaillissaient. Jean avait les pommettes rouges, il souriait, il était heureux.

Avant le dessert, les jeunes qui s'étaient éclipsés un moment, prirent position au milieu de la salle.

Sur l'air du « *Lac des Cygnes* », quatre garçons en tutu s'avancèrent, provoquant l'hilarité générale. Ils mimaient ainsi la façon dont leur Bonne-Maman avait subjugué son futur mari! Tout en étant très ému, Jean riait aux éclats. Puis vinrent des sketches et mimes racontant la vie de Bon-Papa, jusqu'à sa présence au milieu des petites vieilles!

– Alors, maintenant, Bon-Papa, dit l'aîné des petits-fils, bon anniversaire!

Un énorme gâteau avec quatre-vingts bougies qui coulaient dangereusement sur la crème, fut avancé sous les applaudissements. Les bouchons de champagne sautèrent.

– Un vivat! un vivat!

Le vivat flamand fut réclamé à grand cri!

Jean restait assis, tandis que tous se levaient, la coupe de champagne pleine, à la main. Il était entouré de trois personnes, deux tenant une serviette de table au-dessus de sa tête, la troisième, la bouteille de champagne à la main.

Le chant s'éleva :

« *Vivat, vivat, semper, semper in æternum*

Qu'il vive, qu'il vive, qu'il vive à jamais!

Répétons sans cesse, sans cesse, qu'il vive à jamais

En santé, en paix

Ce sont nos souhaits!

Vivat, vivat, semper, semper in æternum! »

Le dernier *num* se finissait en une note aiguë tandis qu'un filet de champagne coulait sur la tête de Jean à travers la serviette blanche.

Il leva son verre... heureux!

Jean se redressa en s'essuyant le visage :

– Tant pis pour vous, dit-il en riant, je risque de vivre jusqu'à 100 ans!

On applaudit. Il reprit

– Moi aussi, je voudrais vous faire une petite surprise en souvenir de ma Marie qui est si présente avec nous aujourd'hui. Vous allez entendre un morceau qu'elle aimait beaucoup, qu'elle m'a souvent joué... et qui est si significatif de cette journée et de l'avenir que je vous souhaite à tous.

– Voici donc, le *Rêve d'amour* de Liszt par... mais où est-il donc?

Chacun se regardait. Qui attendait-il?

– Ah !...

Jean s'était levé et avait ouvert une porte :

– Ah ! le voilà... donc le *Rêve d'amour* par mon ami Stanislas Karkov.

Jean regarda Magali et Carole assises l'une à côté de l'autre et leur fit un grand clin d'œil !

Magali envoya de la main un gros baiser à son grand-père. Carole se frotta les joues et ferma les yeux de plaisir.

Stanislas s'avança. Il paraissait encore plus grand, encore plus frêle.

Il salua gentiment et se mit au piano. On ne pensait pas à toucher les grosses parts de gâteaux dans les assiettes. Les petits, étonnés par le silence soudain des grands, n'osaient bouger de leurs chaises, même si certains petits doigts piochaient dans la crème blanche.

Stanislas se concentra et, avec toute sa délicatesse, après un coup d'œil tendre à Carole, il fit chanter le piano. Ce *Rêve d'amour* qui berçait tant de générations, il le lui dédiait, il le faisait sien, il le faisait sienne... C'était devenu leur rêve à eux deux... A travers l'éternité.

L'après-midi s'écoula parmi les chahuts des jeunes qui piaffaient devant leurs assiettes et purent enfin laisser échapper leur trop-plein d'énergie dans le petit jardin jouxtant la salle.

Personne ne voulait que Stanislas s'arrêtât de jouer, et de bon cœur il s'exécuta.

– Allez ! dit Jean, qu'on le laisse souffler, cet enfant. (Pour lui, toute personne au-dessous de soixante ans, était un enfant !) Venez boire un coup… Allez, les autres jeunes, par ici !

– Merci, monsieur, dit Stanislas peu après, je me sens en famille avec vous. Cela fait tant de bien !

– Je ne savais pas que tu allais venir, dit Carole tendrement, c'est magnifique, merci monsieur Casal, continua-t-elle en s'adressant à Jean.

– Comment te sens-tu, Stanislas ?

– Tu vois, pour l'instant cela va un peu mieux… Un jour à la fois.

– Oui, un jour à la fois, dit Carole en lui prenant la main. Aujourd'hui c'est si bon ! Il faut en profiter…

Il fallait en profiter.

Ce fut la dernière fois que Stanislas réussit à se mettre au piano.

Ses forces soudain déclinèrent rapidement. Il toussait de plus en plus. Par moments, il ne savait plus où il était, ce qu'il faisait ou devait faire.

– Pars en vacances, avait-il dit à Carole dans sa chambre d'hôpital. Sois tranquille, comme d'habitude dans quelques jours cela ira mieux. Tu as bien mérité de te reposer après ce succès magnifique au bac, et la réussite des concours du conservatoire.

– Magnifique, magnifique, bof ! Je n'ai eu le bac que de justesse, je n'y croyais pas ; Magali a beaucoup mieux réussi, elle ! Et j'aurais pu mieux réussir encore au conservatoire.

– Cela ne fait rien, je suis très fier de toi quand même. Promets-moi, pars un peu.

– D'accord, mais une semaine et je reviens, tu vas trop me manquer.

30

– Pierre, je n'arrive plus à comprendre, dit Magali. Comment se fait-il que l'on ne peut plus rien faire pour Stanislas ? Pour tous ces gens qui meurent du sida ? Comment peut-on, dans notre société, accepter un tel fléau sans prendre des mesures draconiennes pour empêcher qu'il ne se propage ?

– On prend des mesures, répondit Pierre. Elles sont importantes, mais sans doute insuffisantes parce qu'elles se heurtent à des tabous, des coutumes familiales, des préceptes religieux. Tout ce qui est pourtant tout simple à comprendre, ne peut être appliqué.

– Par exemple ?

– Plusieurs choses : le dépistage. Ce serait si simple de le faire systématiquement. Après tout on le fait bien pour les maladies sexuellement transmissibles, comme la syphilis, avant le mariage, pourquoi ne pas le faire pour le sida ? C'est curieux... il y a pourtant urgence, que diable ! C'est pareil, on fait des tests pour dépister la tuberculose que l'on peut guérir et pas le sida qui est mortel ! Il y a aussi le préservatif. On en fait une campagne énorme, on le vend à des prix prohibitifs. Ce dont on se rend compte, mais personne n'ose en parler, c'est que cela encourage certains dans la liberté des mœurs, pour ceux qui n'osaient pas encore. On parle tellement de la liberté sexuelle qu'elle est maintenant normale, à n'importe quel âge.

Mais le préservatif mal utilisé est aussi dangereux que si on ne l'employait pas. Il faut dire aussi que l'acte d'amour est tellement naturel qu'il ne semble pas normal d'y associer ce latex, qui, lui, n'est pas naturel. Alors on oublie de le mettre, ou on le met mal... Bref, cela ne va pas. Puis il y a le mode de civilisation. En Afrique, par exemple, avec la polygamie, la propagation du fléau est catastrophique. Et l'éducation des couples extrêmement difficile. Et dans nos pays, dits civilisés, c'est une sorte de polygamie que l'on voit apparaître ! On se marie, ou pas, on divorce ou on change de partenaires. Il n'y a plus rien de stable. Le sida s'engouffre là-dedans avec le plus grand plaisir !

Tu vois Magali, cette maladie de Stanislas, la crainte de Carole, tout cela m'a fait beaucoup réfléchir et changer. Pour moi, c'était normal de vivre avec l'un, avec l'autre, cela faisait partie de notre grandeur d'homme libre. Un jour, on trouve quelqu'un avec qui on vit plus longtemps, peut-être jusqu'à la fin de ses jours, comme nos parents. Mais la nature humaine s'épanouit-elle dans la stabilité ou dans le « papillonnage » ? Au-delà de l'harmonie des cœurs et du bonheur que l'on peut avoir avec un autre, il y a l'harmonie des corps : l'homme est-il une sorte d'animal fait pour une ou plusieurs femelles !

– Charmante comparaison ! s'exclama Magali.

– Tu es bête, tu me comprends ! C'est pareil pour la femme. Est-elle faite pour un ou plusieurs mâles ? Tu suis mon raisonnement ?

– Jusque-là oui, mais je ne sais où tu vas.

– Attends, j'y arrive. Le corps de l'homme est-il fait pour l'union stable, durable, ou peut-il s'accommoder d'unions multiples ? Où est son bonheur ? Quand on observe les gens qui nous entourent, il y a ceux qui sont heureux ensemble, tout simplement, sans faire de bruit... tes parents, les miens. Sont-ils vraiment heureux ? Je l'espère. Il y a ceux qui ont vécu une espérance, un bonheur, puis un drame, une déchirure... puis de nouveau un bonheur, accompagné vraisemblablement d'une importante perte d'illusions.

Et la peur du sida est beaucoup plus présente dans ce genre d'existence que dans un ménage stable. C'est normal.

– Moi, ce qui me gêne, continua Magali, c'est que, à entendre ces promotions pour le préservatif qu'il faudrait mettre tout le temps, je me demande bêtement si tout le monde obéissait, qui pourrait avoir des enfants ? Cela aussi devient de plus en plus compliqué ! C'est devenu un acte à programmer avec tant de paramètres que cela en devient incroyablement anormal. Il y a le boulot incertain, la taille de l'appartement, les vacances, l'âge : il ne faut l'avoir ni trop jeune, ni trop vieux. Il faut faire aussi des tas d'examens pour voir s'il est normal, sinon on le supprime et on recommence ! C'est tellement démoralisant !

Pierre lui prit la main.

– Et si on arrêtait de parler de tout ce qui est négatif ? C'est ce qui me démontre que tout cela est mauvais parce que cela n'entraîne que désespérance et troubles. Il existe une réalité de l'amour, celui qui dure, qui se perpétue.

– Comment peut-on être sûr de soi et de l'autre? reprit Magali.

– Je ne sais pas vraiment. Sans doute qu'au-delà de l'amour, de l'attirance du cœur, de l'esprit, du corps, il y a une confiance complète qui s'établit. On doit savoir qu'avec celui-là, celle-là, quelles que soient les difficultés de la vie, on pourra s'accrocher à elle, ou à lui et aller de l'avant. Je crois aussi qu'il faut être en harmonie sur les choses essentielles de l'existence et avoir un infini respect des différences. Ce sont ces différences qui seront sources de conflits ou de richesses. Il faut accepter les siennes, celles de l'autre et surtout bien les connaître pour mieux les dominer.

– Et le coup de foudre, l'amour irraisonné, cela existe, non?

– Je crois bien!

– Alors comment peux-tu parler de raison, de respect des différences et tout ça? S'il y a une force intérieure, une pulsion qui attire vers l'autre, c'est sans doute parce que le reste suit. On le découvre après.

– Bien sûr, n'empêche que le respect et la découverte de l'autre est identique, que cela se passe dans les foudres ou dans le calme plat!

Ils se regardèrent en souriant. A travers leurs mots et leurs phrases qui semblaient concerner d'autres qu'eux, ils voulaient se faire comprendre tout ce qu'ils n'osaient se dire.

– Allez, Magali, il faut être gai et optimiste. Je voudrais te dire que je suis très, très heureux quand je suis avec toi.

Elle rougit légèrement.

– C'est vrai, on s'entend bien, et je crois que j'apprécie tout en toi !

Elle appuya sa tête brune sur son épaule.

– Je me sens pourtant si jeune à côté de toi, de tes expériences. J'ai peur par moment, de te décevoir !

– Est-ce que je te plais... un petit peu ? dit Pierre en tournant son visage vers elle.

– Oh ! oui ! Et pas un petit peu, s'exclama-t-elle !

31

Son corps lui faisait mal. Il respirait difficilement. La nuit était tombée depuis longtemps. Un peu de fraîcheur entrait dans la chambre par la fenêtre entrouverte. La petite veilleuse, sous son lit, éclairait faiblement les murs nus. Sous la porte, un rai de lumière témoignait d'une présence.

Le goutte-à-goutte de la perfusion continuait imperturbablement à le nourrir et à compenser les multiples troubles qui peu à peu l'envahissaient.

Les minutes, les heures passaient.

Il avait à peine notion du temps, sombrant par moments dans un sommeil sans rêve.

La journée, il était réveillé en sursaut par quelqu'un qui entrait dans la chambre, par un bruit de voix, par un chariot qui grinçait ou une porte qui claquait.

Son esprit, alors, essayait de refaire surface, de remettre les choses en place, de reprendre ses repères. C'était à chaque fois plus difficile... Il se raccrochait pourtant, il ne voulait pas sombrer. Il était comme un noyé se tenant à une petite planche dans un océan déchaîné. Il voulait lutter, mais il ne savait plus où puiser un brin de force et de courage.

La nuit, elle, s'égrenait avec lenteur. La solitude et l'angoisse l'assaillaient. De gros sanglots parfois le secouaient. Il se laissait aller, puis son corps entier retombait inerte au fond du lit. La sueur le faisait grelotter. Il ne sentait plus ses jambes, ses pieds glacés.

Il essayait de trouver une meilleure position dans le lit sans y parvenir.

Son corps tombait peu à peu dans le néant, son esprit aussi... Que resterait-il de lui ? Un vague souvenir pour quelques vivants ? Des images qui s'effilocheraient au fil du temps et finiraient par disparaître comme un voilage derrière une fenêtre brisée.

Pourtant, ce n'était pas possible. Il fallait que l'homme survive à la création. Il fallait que lui, survive par son âme.

Son âme ? S'en était-il occupé ces dernières années ? Où était-il ce Dieu dont maintenant il avait tant besoin ? Sans doute le laisse-t-il tomber, lui aussi, dans l'oubli... en juste retour d'une vie passée sans lui.

Et pourtant, cela lui ferait tant de bien s'il pouvait se sentir aimé et soutenu par quelqu'un là-haut !

« Mon Dieu, mon Dieu ! Où es-tu ? Pourquoi suis-je si seul ? »

Si seulement il savait prier. Mais non, rien, rien, le néant.

Dans sa mémoire fatiguée des images apparurent. Il y avait de longues silhouettes vêtues de grandes robes brunes.

Il pensa aux moines de Noël.

Il fallait qu'il puisse en voir un. C'était sa dernière chance. Lui au moins devait savoir comment pouvoir communiquer avec là-haut !

Stanislas se mit à sourire, seul dans la nuit, s'entendant dire : « Allô, allô ? Dieu ? Allô ?... » Une voix disait « Il n'y a plus d'abonné au numéro que vous demandez... » Il fallait qu'il le retrouve, ce Dieu !

Vêtu de sa robe de bure, la ceinture de cuir à la taille, de grosses chaussures bien cirées aux pieds, le jeune frère entra dans la chambre.

La rondeur de son visage était accentuée par la coupe très courte des cheveux. Ses pommettes rougies par le grand air, ses mains fortes lui donnaient l'air d'un agriculteur.

Un sourire bon enfant l'égaya.

Il avança la main... le corps entier tendu vers Stanislas :

– Je suis très heureux de venir vous voir, dit-il simplement. Votre ami Pierre m'a transmis votre appel, alors, me voilà. Je suis le frère Paul.

Stanislas essaya de se redresser et tendit une main blanche et décharnée qui sembla soudain engloutie dans celle colorée et chaude du jeune frère Paul.

– C'est très gentil de vous être déplacé pour moi, dit-il, très gêné et en même temps si heureux.

Il regardait fixement le jeune moine. Il émanait de toute sa personne une force sereine, confiante et même une joie discrète qui se manifestait dans ses yeux bleus profonds.

– Quand je vous regarde, dit Stanislas, j'ai du mal à comprendre. Vous devez avoir mon âge, celui où la vie est la plus tendre à croquer et vous semblez vous en être retiré. On dirait, en vous voyant dans... cette tenue... que vous êtes d'un autre âge, d'une époque complètement révolue... Et pourtant, je ne sais pas, mais vous avez... excusez-moi de ce que je dis, continua Stanislas, en souriant, vous avez une bonne tête. Vous paraissez tout à fait... tout à fait normal et heureux même !

Frère Paul éclata de rire.

– Rassurez-vous, je ne suis pas un ermite qui ne sort jamais. Je suis bien de mon époque, de notre monde, même si, d'une certaine façon, je suis hors du monde. J'y suis physiquement, matériellement, socialement, mais mon cœur, mon âme, tout est tendu vers Dieu, là-haut, dit-il en montrant le plafond du doigt.

– Oui, là-haut, reprit Stanislas. Où est-il ce là-haut ? Ce Dieu... vous vivez pour lui, et moi qui essaie de le trouver, je n'y arrive pas, à tel point que je me demande parfois s'il existe, si tout cela n'est pas utopie, manipulation des esprits.

Le moine reprit doucement.

– Ce n'est pas parce que l'on ne voit pas quelque chose, que cette chose n'existe pas. On nous dit par exemple qu'il y a tant d'étoiles dans le ciel ou du magma au centre de la terre, vous ne pouvez pas le vérifier, vous le croyez. Comme toutes les informations données chaque jour par les médias. Ces informations, vous me direz, peuvent être fausses et là, il y a manipulation des esprits. Mais tôt ou tard, c'est dénoncé et la vérité refait surface. Ce qui est extraordinaire avec l'existence de Dieu, c'est que depuis des siècles les hommes croient en lui, de façons parfois très différentes, c'est vrai. Mais tant de choses se recoupent. Il y a aussi l'existence du Christ, sa révélation en tant que Fils de Dieu, sa résurrection, toute une histoire qui se transmet de génération en génération, sans déformation, à travers les ans. Mais je m'éloigne, dit le frère Paul.

Il bougea sur sa chaise et regarda Stanislas. Celui-ci l'écoutait. Son visage amaigri, blême, tranchait à peine avec la blancheur des oreillers. Il avait perdu beaucoup de cheveux à cause des traitements et quelques mèches brunes faisaient des taches sombres sur son crâne dégarni.

– Non, vous ne vous éloignez pas du sujet. C'est curieux comme tout cela me paraissait sans importance, ou réservé aux vieilles femmes qui s'agenouillaient devant les icônes, dans mon pays.

Il s'arrêta un instant, le souffle coupé par une violente quinte de toux.

– J'ai quand même souvent été émerveillé par la beauté que la spiritualité donnait aux œuvres musicales. Vous vous y connaissez un peu ?

– Un peu, oui, dit le frère Paul. Mais chez nous, au monastère, c'est surtout le chant grégorien.

– Le grégorien...comment une mélodie aussi simple, aussi nue, sans accompagnement, peut-elle mener ainsi à la prière ?

Stanislas semblait se réveiller. Ses yeux brillaient.

– Et autre chose par exemple : Bach ! un musicien d'église protestante. Une musique d'une pure merveille, toujours actuelle : écoutez les chœurs finals de ses passions, ou la messe en *si* mineur. Cela procure des sentiments profonds, un trouble unique, une joie réelle. Pourquoi ? Sa musique est pourtant si « mathématique », si construite dans une logique ingénieuse et habile ! Est-ce ce Dieu auquel il croyait qui peut ainsi transformer les notes en prières ?

Frère Paul se taisait. Stanislas continuait :

– Prenez un peu plus tard : Mozart. Sa croyance en Dieu n'était peut-être que pure commodité, mais cela lui a valu d'écrire des œuvres commandées magnifiques : la messe en *ut* !... le fameux *Requiem*. Jusqu'à ce si beau *Ave Verum*, lui qui a été franc-maçon plusieurs années ! Vous me direz que la beauté de sa musique se traduit aussi dans ses œuvres profanes, mais dans ses compositions religieuses, il y a quelque chose d'indéfinissable... Comme un chant qui s'élève et qui est attrapé là-haut.

Stanislas levait le bras et le visage vers le plafond blanc... Il rapprocha les mains et resta ainsi sans bouger quelques secondes...

– La musique, c'est toute ma vie, dit-il comme pour s'excuser, en laissant tomber les bras.

– Je comprends.

– Et vous avez encore des musiciens comme Beethoven, Liszt. Ah ! *Saint François d'Assise prêchant aux oiseaux* !... Il bougeait les doigts sur un piano imaginaire, les faisant courir sur les draps. Il se tut. Il entendait le piaillement des oiseaux.

– Et plus près de nous, Poulenc, Messiaen.

Il ferma les yeux, le souffle court.

Frère Paul regardait ce visage si marqué par la souffrance.

Stanislas était épuisé d'avoir tant parlé. Il attrapa un verre d'eau, ferma le yeux.

– Excusez-moi, je suis un peu fatigué... Mais c'est bon de parler ainsi.

– Vous disiez tout à l'heure, enchaîna frère Paul, que vous essayiez en vain de trouver Dieu et que vous n'y arriviez pas. Et pourtant, à vous entendre, je le sens si près de vous et je dirais même en vous, grâce à cette musique que vous aimez tant. C'est sa façon à lui de communiquer avec vous. Dieu nous connaît avec nos qualités, nos défauts, nos talents. Il sait très bien comment nous faire fonctionner et il nous aime tant qu'il nous laisse la liberté de l'aimer, de le suivre ou de le rejeter, chacun de nous à sa façon.

C'est cette liberté offerte qui est quelquefois si difficile à vivre, parce qu'elle est exigeante. Je crois que vous devez particulièrement bien le comprendre parce que vous avez quitté votre pays pour trouver ici une certaine liberté. Dieu nous fait donc des signes petits ou grands, compréhensibles ou non, immédiats ou qui prennent tant de temps. Il a l'éternité pour lui !

Vous avez la chance d'avoir une âme, un esprit sensible à la vraie beauté, comme un film photographique est sensible à la lumière, et peut révéler tant de choses.

J'ai souvent été frappé par la personnalité des artistes. Ils sont mille fois plus sensibles que les autres aux détails de l'existence, ce qui peut les rendre très heureux ou très malheureux, très mystiques ou très humanistes.

Stanislas avait repris son souffle :

– Peut-être que pour vous, Dieu est près de moi, dit-il, mais moi, je ne le vois pas, je ne le sens pas, j'ai l'impression qu'il se cache.

– Dieu ne se cache pas, mais nous ne voulons pas le voir. Prenez l'exemple des apôtres près du Christ : la veille de sa Passion, ils lui demandaient encore : « Montre-nous le Père. » Et le Christ disait : « Comment pouvez-vous dire "montre-nous le Père ?" Vous ne croyez donc pas que je suis le Père et que le Père est en moi ? Croyez au moins à cause des œuvres. Le Père et moi, sommes un. »

– A cause des œuvres ? Quelles œuvres ? Ce que je vois, dit douloureusement Stanislas, c'est la souffrance, la mort qui approche. Es-ce que je suis son œuvre ? Regardez ce que je suis devenu : j'ai votre âge, je suis un très bon pianiste, avec une belle carrière à mener. Physiquement je n'étais pas trop mal. Est-ce l'œuvre de Dieu ? Je suis libre, mais je n'ai pas choisi cette souffrance, personne dans le monde n'a voulu cette horreur du sida. Les œuvres de Dieu sont-elles belles ou laides ?

– Le Christ s'est laissé tuer pour nous, dit frère Paul, en respectant notre liberté de le tuer. Dieu est toujours avec ceux qui souffrent, avec les plus petits. Est-ce qu'Il n'a pas dit à Gethsémani, « Mon Dieu, si ce calice pouvait s'éloigner de moi... Mais non pas ma volonté mais la tienne ? » Et plus tard sur la Croix : « Mon Dieu, mon Dieu, pourquoi m'as-tu abandonné ? »

« Le Christ a ressenti dans sa chair toute la puissance de la souffrance qui entraîne tant de désespoir. Mais il est celui qui aime jusqu'au bout car il a voulu prendre sur lui toute la souffrance du monde.

« Je vais vous raconter une histoire.

« C'était un homme, un bon chrétien. Il lui arrivait souvent de rêver... Il se promenait sur une plage, seul. Mais il y avait toujours deux traces de pas derrière lui. Il sentait et voyait la présence du Christ à ses côtés. Un jour, un drame survint, le même rêve le hante. Ce soir-là, quand il regarde les traces de pas, il n'en voit qu'une, les siennes. Il priait pourtant encore plus que d'habitude, même si parfois il n'arrivait plus à sentir la présence de Dieu tant sa souffrance était forte. Alors il se révolta. Comment Dieu ! Tu es là, à côté de moi quand tout va bien, aujourd'hui, je t'appelle au secours, personne... Où es-tu ? je ne comprends pas. Et Dieu lui répondit : quand tu souffres mon ami, je ne marche pas à côté de toi, je te porte. »

Le silence se fit dans la petite chambre.

Frère Paul avait joint les mains sur ses genoux recouverts par la robe de bure, il méditait et priait.

Il releva les yeux vers Stanislas.

– Vous ne comprenez pas la souffrance, je ne peux pas vous l'expliquer, cela nous dépasse tous. Dieu ne l'a pas voulue, non, il ne peut pas vouloir le mal, puisqu'il est le Bien. Mais Dieu se sert de tout, sur cette terre, pour nous aider à transformer ce que notre liberté a quelquefois mis en péril.

Dieu fait des signes, en permanence. Il faut lui faire confiance. Il vous montre un certain chemin du bonheur, certainement pas celui que vous auriez choisi, mais puisque la nature humaine est ainsi faite et que le corps faiblit, il fera tout pour vous aider à trouver une parcelle du bonheur infini qui vous attend.

Stanislas le fixa et dit avec angoisse.

Frère Paul, je ne veux pas mourir !... J'ai peur !

La porte s'ouvrit brutalement, une aide-soignante entra dans la chambre :

– Vous prenez votre température ?

Stanislas et le frère se regardèrent.

Frère Paul avait envie de lui dire : Si tu savais comme je comprends ta révolte, comme je voudrais te donner un petit peu de vitalité, de santé qui est en moi... Je ne peux te donner que ma foi... On dit que la foi peut soulever des montagnes, si elle pouvait ne serait-ce que lever en toi une petite fleur d'espérance. »

– Je crois que je suis trop fatigué maintenant, dit Stanislas.

– Excusez-moi, je suis resté longtemps.

– Oh, non, pas longtemps... Il laissa la phrase en suspens.

Frère Paul se leva.

– Voulez-vous que nous disions un « Je vous salue Marie » ensemble ?

– Non... non... pas encore... Je suis désolé... Je ne sais plus. Il n'y a plus rien en moi.

– C'est très bien comme cela dit le frère Paul en souriant. Il faut le temps, reposez-vous. Puis-je revenir vous voir ? Cela me ferait plaisir, ma culture musicale va s'enrichir !

– C'est à moi que cela fait plaisir, dit Stanislas en tendant la main. Merci... à bientôt... Mais ne tardez pas trop !

Il ne voulait pas dire à quel point la conversation l'avait épuisé, ses forces fuyaient... Il se sentait partir... loin... si loin.

– A bientôt, dit le frère Paul.

32

Le frère Paul était revenu le lendemain puis tous les jours suivants. Il restait peu de temps.

Stanislas parlait de moins en moins.

Une fièvre tenace l'anéantissait. Les lèvres sèches, les yeux de plus en plus enfoncés dans les orbites creuses, il ne pouvait même plus se lever.

Un jour il lui dit :

– Frère Paul réapprenez-moi à prier. Je ne sais plus rien... même plus le « Notre Père ».

Puis il voulut se confesser.

– Je ne sens toujours pas Dieu, dit-il. Je sais qu'il existe, simplement parce que vous êtes son ami. J'ai toujours peur de la mort, frère Paul, si peur... J'ai peur du vide qui m'attend après... Mais pour vous, je veux faire les choses qui doivent être faites.

Sa confession fut humble et fervente.

Cette nuit-là, les douleurs furent particulièrement atroces. Il ne savait même plus où il avait mal, tant son corps entier était englouti dans la souffrance. La tête en feu, la respiration courte et pénible, il implorait tout bas :

– Mon Dieu, mon Dieu, que cette souffrance s'éloigne de moi... Mais non pas ma volonté mais la tienne ! Qui suis-je pour te demander cela alors que toi, tu as tant souffert... c'est le frère qui me l'a dit.

Ses mains étaient crispées sur le drap, le transformant en boules fripées et humides.

Soudain, sa main droite se décontracta. Il sentit le drap devenir plus frais... Il tourna la paume vers le plafond... Une douce chaleur l'envahit... Il ferma doucement la main... La chaleur remonta le long du bras, parcourut tout le corps contracté... Il eut un grand soupir... se relâcha... La douleur avait disparu presque complètement.

Il respira profondément et des larmes tièdes s'échappèrent de ses yeux mi-clos. Un sourire illumina son visage détendu.

Il n'osait bouger.

Dieu l'avait pris par la main.

Avec Lui, maintenant, il n'avait plus peur...

33

Sous les voûtes de la chapelle, la mélodie se glissait et s'amplifiait.

Petite silhouette au milieu du chœur, Carole serrait son violoncelle dans ses bras et le faisait chanter une dernière fois pour celui qu'elle avait tant aimé.

A côté d'elle, le frère Paul se concentrait de toutes ses forces sur sa prière pour ne pas laisser l'émotion le gagner.

La communauté des moines de l'abbaye était au complet. Elle entourait ainsi celui qui n'avait plus ni famille ni patrie.

Regroupés au premier rang il y avait Magali et Pierre avec leurs parents, Jean Casal et M. Torin.

Mme Maréchal n'était pas là... Des vacances sur la côte d'Azur... M. Maréchal non plus... pas le temps... Et puis, c'était qui ce Stanislas ?

Carole essayait de ne pas regarder ce cercueil qui lui faisait tant penser au cauchemar d'autrefois.

Elle voulait que sa musique soit le plus beau chant d'amour qui soit.

Elle avait revu Stanislas quelques jours avant. Horrifiée, elle l'avait à peine reconnu... Mais elle avait été heureusement surprise de le trouver si serein après lui avoir connu tant d'angoisses.

Elle avait fait connaissance du frère Paul et s'était raccrochée à lui dans les derniers moments, comme à un grand frère.

Elle s'était même écroulée en sanglots dans ses bras quand la blancheur du visage et la fixité du regard de Stanislas lui avait fait comprendre que sa vie s'était envolée... ailleurs.

Maintenant, elle n'était plus révoltée, seulement anéantie.

– Ne pleurez pas, dit le père abbé dans une courte homélie. Ne pleurez pas votre ami, Carole, Pierre, Magali. Il n'est pas loin. Il est dans la pièce, à côté... Vous ne le voyez pas, vous ne le verrez plus... Mais vous pourrez toujours entendre la musique qu'il aimait tant. Elle retentira toujours et toujours vous penserez à lui.

« Stanislas... personne ne te connaissait il y a un an. Tu as surgi dans la vie de nos jeunes, portant déjà en toi, sans le savoir, ce qui détruirait ton corps. Tu es venu de loin, de si loin, d'une terre que tu aimais, mais qui avait déjà englouti toute ta famille. C'est ici, chez nous, que tu es venu chercher l'amitié, le réconfort. Tu as surgi dans notre vie avec toute ta jeunesse, tes talents, ta soif de liberté et de vie... Aujourd'hui, tu as su découvrir à travers la souffrance l'existence d'un Dieu qui t'aime plus que tout, tu t'es endormi, calme, confiant en lui, heureux. Tu rejoins près de lui ta femme, ta petite fille, tes parents. Ton corps restera sur notre terre de France mais ton âme, là-haut, veille sur nous tous. Stanislas, aide-nous quand nous ne comprendrons plus pourquoi le mal fait tant de ravages. Stanislas, toi qui es dans la pièce d'à côté, fais-nous tous les jours entendre la mélodie de l'Amour de Dieu pour les hommes. »

Pierre serra avec force la main de Magali. Jean s'essuya les yeux.

M. et Mme Valembois, M. et Mme Casal se sentaient unis dans cette église, autour du chagrin de leurs enfants.

Epilogue

La plage était déserte.

Le soleil s'apprêtait à tomber dans la mer en l'éclaboussant de rouge et d'or.

Une petite brise avait succédé au vent qui toute la journée, avait joué avec le sable, en le lançant contre les jambes nues des vacanciers.

Les enfants avaient pataugé dans les « bâches » : petites étendues creuses où l'eau de mer stagnait à la marée descendante. Là, il faisait bon jouer, car l'eau était plus chaude. Les pères de famille essayaient même, avec de petits filets d'attraper quelques crevettes imprudentes qui seraient rapportées fièrement au fond d'un seau de plage, et cuites le soir.

La plage était parsemée de petits monticules de sable ou de grands trous qui étaient autant de châteaux forts, que des hordes d'enfants avaient attaqués et saccagés de leurs pieds nus.

Pierre et Magali, main dans la main, avaient délaissé le sable encore chaud et s'avançaient vers l'horizon, là où la mer et le ciel ne faisaient qu'un. Leurs pieds s'enfonçaient, laissant sur le sol une trace humide qui disparaissait en un instant.

Le cœur encore lourd de la disparition de Stanislas, ils souffraient et se révoltaient devant un drame qu'ils ne pouvaient ni comprendre, ni admettre.

Ils s'arrêtèrent, les pieds dans l'eau. Pierre entoura de son bras les épaules de Magali. Elle posa la tête contre son cou.

Si la mort de Stanislas était douloureuse, elle mettait fin à plusieurs mois d'angoisse et d'incertitude, et elle ressentait au fond d'elle-même un soulagement. Elle en était honteuse...

Elle était maintenant si bien dans les bras de Pierre. Elle voulait tant croire en l'Amour. Elle sentait son corps et son cœur attirés vers ce besoin d'un bonheur absolu.

La chaleur du contact du corps de Pierre l'envahissait.

Elle ferma les yeux.

Pierre se tourna vers elle. Il lui prit le visage entre les mains, lui caressant doucement les joues, la racine des cheveux. Tendrement, doucement, leurs lèvres se joignirent.

Ils ne sentaient plus les vaguelettes qui les éclaboussaient.

Le soleil soudain plongea dans la mer qui en resta encore un instant éblouie, puis elle s'éteignit.

Une vague plus forte les fit sursauter.

Pierre empoigna Magali dans ses bras et en courant, il s'éloigna du rivage.

Elle rit, se nichant contre lui, le tenant fermement par le cou.

Il tourbillonna sur lui-même en la serrant très fort.

Enfin, essoufflé, Pierre déposa Magali, délicatement sur le sol. Le sable s'agrippa à ses longues jambes mouillées, les recouvrant d'une gaine de paillettes brillantes.

Il s'assit à côté d'elle.

– Magali, je t'aime.

Elle le regarda, les yeux brillants. Elle ne dit rien.

– Magali, je veux que notre amour soit éternel, qu'il puisse aller au-delà de l'infini. Magali !

Il lui prit les mains et la regardant tendrement.

– Magali, veux-tu être ma femme ?

– Ta femme ? Oh, Pierre !

Elle avait tant envie d'être avec lui, pour toujours. Elle avait tant besoin de cet Amour... Et pourtant...

– Pierre, je suis si jeune... Et j'ai si peur de vouloir accéder à un bonheur qui pourrait se briser en faisant si mal. Tout ce que nous avons vécu ces derniers mois me fait peur. Et pourtant je ne veux pas me laisser envahir et engloutir par cette peur.

– Le passé est fini Magali. Il ne faut pas y revenir... seulement essayer de n'y voir que ce qui peut être transformé pour l'avenir. Chaque événement laisse un message, il faut le comprendre. Tu sais, Stanislas a connu avec Carole de merveilleux moments de bonheur. Il aurait pu mourir seul, abandonné de tous. Il est mort dans la paix, la sérénité. Sa mort est révoltante, c'était quelqu'un de bien, de très bien, et un artiste extraordinaire. Carole lui a donné son amour. C'est dur pour elle maintenant, et il faut l'aider. Mais elle a en elle tant de ressources qu'elle saura reconstruire sa vie. Elle pourra aimer de nouveau.

Magali. J'ai compris bien des choses depuis quelques mois. Je veux construire du solide, c'est là-dessus que le vrai bonheur se bâtit. Et tu sais, Magali, j'aimerais tant avoir des enfants de toi...

Magali avança les mains vers son visage, caressant les joues piquantes de la barbe naissante du soir. Ses yeux scintillaient de larmes.

– Oh! Oui, Pierre, je veux être avec toi, pour toi. Toujours...

La lune apparut dans le ciel étoilé.

Au loin, dans le silence de la nuit, un violoncelle solitaire se mit à chanter.

FIN.

Achevé d'imprimer en France le 15 mai 1998
sur les presses de l'imprimerie IFC Askréa,
Route de la Charité, à Saint-Germain-du-Puy
pour le compte des

Editions du Triomphe
7, rue Bayen - 75017 Paris
Tél. 01 40 54 06 91

Également disponible chez le même éditeur

romans

La blanche de Serge Dalens

La série *Les Voleurs* en 3 tomes de Serge Dalens

Harald le Viking de Pierre-André Bernard

Suspenses à Plougasnou de Dachs

On demande une cheftaine de Dachs

Le Triptyque d'ivoire de Bruno Saint-Hill

La série *Nampilly* en 3 tomes de Bruno Saint-Hill

Philippe, l'ami des chevaux d'Olivier Ripert

Série *Trilby*, illustrations de Manon Iessel

et de nombreux albums de bandes dessinées
pour la jeunesse
(Fripounet et Marisette, Thierry de Royaumont,
Chevalier de Saint-Clair.
Sylvain et Sylvette...)